Rosemarie Eichinger

Wasserbomben und Dosenbrot

Rosemarie Eichinger
zog für ihr Geschichtestudium vor 20 Jahren nach Wien, wo sie immer noch lebt. Mit dem Schreiben begann sie erst nach dem Studium.
Die Spezialisierung auf Kinder- und Jugendliteratur ergab sich dann einfach so. Sie bekam für ihre Arbeit verschiedene Auszeichnungen und Stipendien (u.a. Schreibzeit-Jugendbuch-Wettbewerb, Mira-Lobe-Stipendium 2009), nach und nach folgten die ersten Publikationen.

Bei Jungbrunnen ist folgender Titel lieferbar: *Essen Tote Erdbeerkuchen?* (2013, ausgezeichnet mit dem Österreichischen Kinder- und Jugendbuchpreis)

ISBN 978-3-7026-5891-5
1. Auflage 2015

Einbandgestaltung: Ruth Cortinas

Druck und Bindung: Druckerei Theiss GmbH, A-9431 St. Stefan

Rosemarie Eichinger

Wasserbomben und Dosenbrot

Jungbrunnen

Kapitel 1

In dem Heinrich umzieht, nach einem passenden Hut für seine Sichtweise sucht und eine besonders hässliche Katze kennenlernt

So hat es angefangen oder geendet. Je nachdem, wie man es betrachtet. Als der Wagen in die Straße einbog und sich Heinrichs Magen zusammenkrampfte. Nicht besonders, nur ein bisschen, als würde er in der Achterbahn sitzen und kopfüber nach unten rasen. Ein flaues Gefühl in der Magengegend, ein Flattern, ein Kribbeln vielleicht. Oder eine seltsame Vorahnung, dass sein Leben nicht mehr so sein würde wie zuvor.

Und genau genommen traf das ja auch zu. Nicht nur der Wagen bog ab, auch Heinrichs Leben. Einfach so. In einem Schwung, fast ohne zu bremsen.

Natürlich war er schon öfter hier entlang gefahren. Vorbei an den knorrigen Kastanien und Buchen, an den ehrwürdigen Häusern und an der Stille, die über den Gärten liegt. Zu Besuch bei Großtante Klara und ihrem Mann Josef. Nichts Besonderes. Nichts Aufregendes. Aber das mit dem Besuchen sollte nun vorbei sein. In Zukunft würde Heinrich hier leben. In diesem Haus mit seinem Großvater Paul bei dessen Schwester Klara.

Und warum das Ganze? Weil das Leben nun mal kein Wunschkonzert ist, wie ihm sein Großvater erklärt hat. Das war der eine Grund. Der andere war Josef Pucks plötzlicher Tod. Im Schlaf, ohne Vorwarnung.

Von einem Moment auf den anderen war Klara Witwe. Ein Schock nach über fünfzig Jahren Ehe. Und dann auch noch das große Haus! Mit seinen unzähligen Zimmern, den Giebeln und Türmchen und dem großen Wintergarten an der Südseite zum Garten hin.

Die Villa, beinahe ein kleines Schloss, wurde in einer Zeit gebaut, da trugen die Männer noch Zylinder und Spazierstöcke und die Frauen lange Röcke. Karamellbonbons gab es einzeln zu kaufen und Dienstboten sorgten dafür, dass es den Bewohnern an nichts fehlte.

Das ist aber lange her. Schon über hundert Jahre. Übrig geblieben ist nur mehr Klara. Allein in dem riesigen Kasten. Einmal die Woche kommen zwei Frauen zum Saubermachen und alle zwei Wochen kommt der Gärtner. Das wars.

Eines Tages, als Klara so in ihrem Wintergarten saß, bei einer Tasse Tee, und sich einsam und verlassen fühlte, fiel ihr Paul ein, ihr kleiner Bruder Paul. Er ist zwar beinahe eins neunzig groß und auch schon 73, aber ihr kleiner Bruder wird er dennoch immer bleiben.

Paul, der mit seinem Enkel Heinrich in einer Wohnung lebte, wo doch jeder weiß, dass ein Junge mit viel Energie genügend Auslauf braucht, um sich prächtig entwickeln zu können. So ein großes Haus mit Garten wäre da geradezu ideal.

Also ließ sie ihren Tee ausnahmsweise einmal kalt werden und griff zum Telefon. Lange musste sie ihren Bruder nicht überreden. Man wird ja schließlich nicht jünger und könnte sich gegenseitig unterstützen.

„Alte Knacker müssen zusammenhalten", sagte Klara zu ihrem Bruder. Damit war die Sache besiegelt.

Ehe Heinrich sichs versah, parkte sein Großvater schon den Wagen vor dem schmiedeeisernen Tor ihres neuen Zuhauses. Schließlich ist in der Villa wirklich genug Platz und der Garten drum herum ein Paradies für einen Jungen. Eben. Genau. Was soll man da auch sagen? Heinrich fiel nichts ein.

An seine Eltern dachte er, die er nur von Fotos kennt, weil sie kurz nach seiner Geburt bei einem Autounfall ums Leben gekommen waren. Dass er seitdem bei seinem Großvater lebt, was toll ist, weil sie so gut miteinander auskommen. Mit Großtante Klara sind sie zu dritt und da ist das Miteinanderauskommen schon viel schwieriger als zu zweit.

Bestimmt gibt es Schlimmeres als in eine Villa zu ziehen, sagte sich Heinrich also. Und Umzüge sind nichts Besonderes. Menschen ziehen andauernd um. Trotzdem blieb da dieses seltsame Gefühl in der Magengegend.

Bis Klara ihn begrüßte, überschwänglich und aufgeregt. Sie drückte Heinrich so fest an sich, dass sie das flaue Gefühl fast oben rausgedrückt hätte. Aber eben nur fast.

„Willkommen!“, rief sie. „Herzlich willkommen, ihr zwei.“ Sie schob Heinrich auf Armeslänge von sich, betrachtete ihn von oben bis unten. „Was für ein stattlicher junger Mann“, stellte sie schließlich fest, und Heinrich war das furchtbar peinlich. Dann nahm sie eine seiner Taschen, legte ihm den linken Arm um die Schulter und zog ihn die Einfahrt hinauf.

„Wir vier werden eine Menge Spaß haben“, sagte sie und lachte.

Und Heinrichs Magen fuhr wieder Achterbahn. Bestimmt hatte er sich verhört. Oder Klara hatte sich versprochen. Bei alten Menschen kann so etwas schon vorkommen.

„Wir vier?“, fragte Heinrich deshalb.

„Ja. Frieda Rost wohnt seit zwei Wochen bei mir.“

„Frieda Rost?“ Heinrich hatte keine Ahnung, wer das sein sollte. Niemand hatte diesen Namen je erwähnt.

„Ich kenn sie schon seit der Schulzeit. Wir waren damals wie Pech und Schwefel. Vor Kurzem ist sie gestürzt und hat sich die Hüfte verletzt und da ich ja den ganzen Platz habe … Du weißt schon.“

„Ja, ich weiß“, sagte Heinrich. „Alte Knacker müssen zusammenhalten.“

„Genau. Außerdem: Je mehr, desto lustiger“, fügte Klara dann noch augenzwinkernd hinzu. „Wir werden dich schon überzeugen.“

Das ist mittlerweile zwei Wochen her und bis jetzt ist Heinrich nicht überzeugt. Der Altersdurchschnitt in seinem neuen Zuhause liegt bei über 58 Jahren. Lustig ist anders, wenn man ihn fragt. Nicht zuletzt deshalb, weil das Haus zwar riesig ist, aber allen Ernstes nur über ein einziges Fernsehgerät verfügt. Nach zwei Wochen fragt sich Heinrich langsam, wie viele Schlagerparaden ein Elfjähriger ertragen kann, bevor sein Hörvermögen irreparable Schäden davonträgt? Und dann sind da noch jede Menge Kochsendungen, Gesundheitsratgeber und Talkshows mit unendlich langweiligen Teilnehmern. Da Frieda wegen ihrer Hüfte noch nicht wieder vollständig mobil ist und Heinrich Rücksicht nehmen muss, bestimmt die alte Frau, was läuft.

So ein Umzug ist eben eine große Umstellung. Nicht nur für Heinrich, auch für seinen Großvater.

„Weiberhaushalt!“, erklärt er seinem Enkel immer wieder. „Daran müssen wir zwei uns erst gewöhnen.“

In ihrer alten Wohnung hingen schon mal nasse Socken zum Trocknen über Stuhllehnen, und Kakaopulver wurde direkt aus der Dose gelöffelt, wenn einem danach war. Jetzt gehören nasse Socken auf die Wäscheleine, und aus der Dose löffeln ist unhygienisch. Dasselbe gilt für Milch aus der Packung trinken und Jacken, die an dafür vorgesehene Haken gehören, schmutzige Schuhe, die vor der Tür abgeklopft werden müssen und, und, und. Jede Menge Regeln für die beiden Männer.

Manchmal schaut Paul Kramer seinen Enkel an und fragt sich, ob es tatsächlich die richtige Entscheidung war. Schließlich hat er den Jungen von seinen Freunden weggeholt, aus seiner gewohnten Umgebung. Er denkt an den Spaß, den sie beide in der alten Wohnung hatten. Wenn Heinrich sich in der Küchenbank versteckte oder im großen Wandverbau im Vorzimmer. Wie er mit drei Jahren seine Hände in Farbe tauchte und die Wand seines Zimmers mit Handabdrücken verzierte. Schließlich hatte er seinen Enkel damals sogar hochgehoben, damit ein johlender Heinrich auch noch grüne Fußabdrücke an der Wand hinterlassen konnte.

„Wir sind ein gut funktionierendes Team", denkt Großvater Paul dann und lächelt. Bestimmt wird es bald wieder so sein. Kinder sind ja zäh und anpassungsfähig.

„Weiberhaushalt!", wiederholt er fest und Heinrich nickt wissend. Oder: „Man muss sich im Leben immer wieder anpassen."

Und Heinrich passt sich an, was das Zeug hält, wenn man ihn fragt. Das finden die anderen aber ganz und gar nicht und so lernt Heinrich, dass jeder seine eigene Sicht der Dinge hat.

„Die Kunst", sagt sein Opa dann, „ist es, diese verschiedenen Sichtweisen unter einen Hut zu bringen."

Von Hüten hält Heinrich allerdings nicht viel, weil es den Hut, unter den auch seine Sicht der Dinge passen könnte, anscheinend nicht gibt. Seine Sicht der Dinge kann schließlich nur auf elf Jahre Lebenserfahrung zurückschauen, erklärt man ihm, und die Sicht der anderen schon auf über siebzig Jahre. Die zählen im Zweifel natürlich mehr, auch wenn jeder weiß, dass das Sehvermögen im Alter nachlässt. Für logische Argumentation scheint in diesem Haus aber niemand so recht empfänglich zu sein.

Und dann der Geruch. Nach Mentholsalbe und Lavendel. Eine seltsame Mischung, der Heinrich nicht besonders viel abgewinnen kann. Potpourris aus getrockneten Blumen stehen auf jeder einzelnen der dreiundzwanzig Kommoden in dem Haus. Heinrich hat sie gezählt. Glänzend polierte Antiquitäten allesamt. Dagegenstoßen verboten.

Viel mehr als die Küche und einen Salon bekam Heinrich bei seinen früheren Besuchen ja nicht zu Gesicht. Jetzt schaut er sich genauer um. Und das Haus ist beeindruckend. Das kann Heinrich nicht leugnen. Wohnzimmer gibt es keines, dafür einen blauen Salon und einen grünen. Eine Bibliothek mit Büchern bis an die Decke, einer Leiter, die oben eingehängt ist und unten Rollen hat. Die spießt auch nicht und läuft wie geschmiert – wenn man genug Schwung holt – von einer Seite des Raumes bis zur anderen.

Im Empfangszimmer hängt ein Tigerschädel über dem Kamin. Der ist fast hundert Jahre alt. Die Motten haben ihm in all der Zeit arg zugesetzt. Staubig und löchrig ist er und ein wenig verblichen. Aber er hängt eben praktisch schon immer da. Tradition nennt man das. Und deshalb bleibt es so. Damals wusste man ja noch nicht, dass man sich keine ausgestopften Viecher an die Wand hängt, hat Klara ihm erklärt. Schon gar keine, die hundert Jahre später vom Aussterben bedroht sind.

Es gibt noch ein Arbeitszimmer mit einem riesigen Schreibtisch, fünf Gästezimmer, drei Bäder und eine verschlossene Tür. Ganz wie sich das für so ein altes Haus gehört. Ein verbotenes Zimmer, das Heinrich nicht betreten darf, über das er nichts wissen darf, weshalb Klara auch kein Wort darüber verlieren wird. Keine einziges. Damit das klar ist.

Alles also gar nicht so schlimm. Wäre Frieda Rost nicht Frieda Rost. Die erste Begegnung mit ihr verhieß schon nichts Gutes. Heinrich hatte gerade seine Koffer in sein neues Zimmer gebracht und war in die Küche gegangen, um sich ein Keks zu holen. Da saß sie. Am Tisch, die knotigen Finger ineinander verschränkt, und starrte ihn an.

„Aha!", sagte sie.

„Guten Tag!", erwiderte Heinrich, weil „Aha" keine richtige Begrüßung ist.

„Wie heißt du?", fragte Frieda Rost.

„Heinrich."

„Heinrich?", wiederholte sie. „Wer nennt sein Kind denn heutzutage noch Heinrich?"

„Meine Eltern wohl", sagte Heinrich, weil ihm nichts Besseres einfiel.

Frieda schüttelte missbilligend den Kopf. Weil er frech geantwortet hatte oder weil sie den Namen doof fand. Das war Heinrich nicht ganz klar.

„Kannst Tante Frieda zu mir sagen", schlug sie vor.

Ihr Tonfall klang dabei mehr nach einer heftigen Rüge. Wie: „Spuck gefälligst nicht auf den Küchenboden!" oder „Iss nicht deine Popel!" Also zuckte Heinrich zusammen.

„Sie sind nicht meine Tante", wandte er schnell ein. Nur, damit das klar war.

„Dann eben Frieda", blaffte sie.

Heinrich nickte.

„Was ist das?", wollte er wissen und zeigte auf den Stuhl neben ihr.

„Helmut!", sagte sie. „Das ist Helmut."

Heinrich stand eine Weile unschlüssig da.

„Helmut?", wiederholte er schließlich. Mit dieser spärlichen Information konnte er nicht viel anfangen.

„Hab ihn nach meinem seligen Mann benannt. Ist genauso hässlich. Riesige Ohren, kleines verschrumpeltes Gesicht, Falten über Falten und immer dieser mürrische Blick. Ganz wie mein seliger Mann."

Dann nahm sie Heinrich ins Visier. „Wenn ich es recht bedenke, hast du auch ganz schön große Ohren. Du musst aufpassen, dass du nicht auch irgendwann so aussiehst." Sie wurde laut. „Sag nicht, ich hätte dich nicht gewarnt!"

„Gewarnt? Wovor?" Heinrich war wirklich verwirrt.

„Vor großen Ohren", rief sie.

Heinrich wich ein bisschen zurück, schaute zwischen Helmut und Frieda hin und her.

„Okay", sagte er und räusperte sich. „Aber was ist das?"

„Eine Katze", behauptete Frieda.

Heinrich kniff die Augen zusammen. „Bist du sicher?", hakte er nach.

„Natürlich", sagte sie. „Weil es der Tierarzt gesagt hat, und der muss es ja schließlich wissen. Das Vieh ist eines Tages in meinem Garten gehockt. Zitternd, unter der Veranda. Ich dachte, ein Verrückter hätte die arme Kreatur geschoren." Sie streicht Helmut über den faltigen Schädel. „Es gibt ja so viele Verrückte", fügte sie hinzu. „Sag nicht, ich hätte dich nicht gewarnt!"

„Wovor?" Heinrich hatte das gar nicht fragen wollen. Es rutschte ihm einfach heraus.

„Vor den Verrückten", rief sie.

„Okay. Danke!", sagte er dann.

„Ist eine Nacktkatze, meinte der Arzt. Und die haben kein Fell und auch keine Schnurrhaare. Das gehört so." Sie schaute Helmut verächtlich an. „Von wegen", blaffte sie. „Das kann ja wohl nicht so gehören. Wer würde denn so ein hässliches Vieh züchten? Du etwa?"

„Nein!", stellte Heinrich umgehend klar. Einerseits weil er Mitleid mit dem komischen Tier hatte. Helmuts Ohren sind länger als sein Gesicht und jedes ist beinahe genauso breit. Seine Augen sind von einem wässrigen Hellblau, umrahmt von unzähligen Falten, und an den Flanken schlägt seine Haut regelrechte Wellen. Die Knochen ragen trotzdem überall heraus, so dürr ist das Tier. Und dann der Blick! Unverhohlene Verachtung und Abscheu. So etwas zu züchten, wäre Heinrich im Traum nicht eingefallen. Davon abgesehen wollte er sich mit Frieda auf keinen Fall anlegen. Er schüttelte nachdrücklich den Kopf.

„Bestimmt nicht“, bekräftigte er.

„Das will ich dir auch geraten haben“, knurrte sie und tätschelte Helmut den Kopf. „Ich hab ihn also behalten. Hab ja meinen Mann auch nicht ausgesetzt, nur weil er mit den Jahren immer hässlicher geworden ist. Der arme Kerl kann ja nichts dafür.“

Heinrich war nicht klar, ob mit dem armen Kerl nun ihr Mann Helmut oder der Kater Helmut gemeint war. Fürs Erste hatte er genug.

Heinrich lebt jetzt also in einer Seniorenwohngemeinschaft. Jünger als er selbst ist lediglich Klaras Fußmassagegerät, eine Hightech-Kaffeemaschine und Helmut, Falten hin oder her. Nach einer Menge Spaß sieht das nicht aus, wenn man ihn fragt. Aber es fragt eh keiner.

Das ist auch gut so, weil er sich fest vorgenommen hat, dass er explodiert oder so, wenn er zum fünfzigsten Mal hört, dass er Geduld haben muss. Im Moment steht er bei Nummer achtundvierzig. Noch zweimal und dann puff! Heinrichschnitzelchen. Verteilt auf den Teppichen und den dreiundzwanzig blankgeputzten Kommoden.

Nach zwei Wochen hat er nämlich langsam genug von dem ganzen Anpassen und Rücksichtnehmen. Er weiß ja noch nicht, dass Frieda nicht die Verrückteste in seiner Umgebung ist, weil Ludwig Schebesta, der Nachbar, noch viel verrückter ist. Das wird er aber bald herausfinden und dann ist es vorbei mit der Langeweile und mit dem Rücksichtnehmen auch.

Kapitel 2

In dem Heinrich Blickkontakt mit einem Hühnerauge hat und im Garten Mädchen auf Bäumen wachsen

Heinrich sitzt in seinem Zimmer. Es ist sein Zimmer. Irgendwie. Und irgendwie auch nicht. Seine alten Möbel sind da. Damit er sich gleich zu Hause fühlt, meinte Klara. Extra ausgeräumt hat man hier alles. Nur für ihn. Die anderen Möbel stehen nun auf dem Dachboden, unter weißen Laken, wegen des Staubs. Stilmöbel. Kirschholz. Sehr edel. Aber für Heinrich hat man sie gegen seine gewohnte Umgebung ausgetauscht.

So eine Umstellung dauert ja. Man hat Verständnis. So viel Verständnis. Im Gegensatz zu Heinrich. Er versteht nicht, was dieses Zimmer mit seinem alten zu tun haben soll. Sein Bett, sein Schreibtisch, sein Regal, sein Schrank. Das schon, aber das Zeug verschwindet einfach in dem Raum, nimmt sich richtig mickrig aus. Fast doppelt so groß wie sein altes Zimmer ist das neue. Vor dem Fenster ist nicht der Kiosk mit den Comics und Sammelkarten, wie es immer war. Und dabei gibt es hier gleich drei Fenster. Doch wenn man rausschaut: Garten. Nur Garten.

Da muss er jetzt durch. So ein Umzug ist eigentlich auch nichts Besonderes. Schließlich hat Heinrich ja nicht das Land gewechselt oder gar den Kontinent. Nur von einer Stadt in die nächste ist er gezogen. Das ist kein Weltuntergang, meint Klara.

Für einen Elfjährigen aber schon. Kontinent, Land, Stadt. Das macht in dem Alter keinen großen Unterschied. Seine Freunde sind mehr oder weniger unerreichbar. Als Kind kann man nicht einfach in den nächsten Zug steigen, wenn einem danach ist, oder ins Auto. Ich bin dann mal weg, hören Erwachsene nicht gern. Von wegen Verantwortung und was es da sonst noch für Ausreden gibt. Noch dazu, wo der Bahnhof am anderen Ende der Stadt liegt. Für einen Elfjährigen ist die nächste Stadt praktisch eine Weltreise entfernt.

Dann noch Ferien und keine neuen Freunde in Sicht. Mit Urlaub ist es auch Essig. So ein Umzug kostet nämlich eine Menge Geld, hat sein Großvater erklärt. Nächstes Jahr aber dann bestimmt. Dieses Jahr muss es der Garten tun.

Früher hielt er sich nie mehr als ein paar Meter rund um das Haus auf. Jetzt schaut er auf dieses riesige Grundstück. Der Garten hat schon was zu bieten. So ist es nicht. Ist ja auch eher ein Park als ein Garten. Weitläufig, mit vielen alten Bäumen und dichtem Gestrüpp. Der Gärtner ist ein Anhänger des verwilderten Stils. Ob aus Bequemlichkeit oder weil es ihm tatsächlich besser gefällt, lässt sich schwer sagen. Heinrich findet es aber auch schöner mit all den Sträuchern und verwachsenen Wegen. Die akkurat gestutzten Rasenflächen, wo das simple Betreten schon mittlere Nervenzusammenbrüche bei den Besitzern auslösen kann, sind ohnehin langweilig.

So passt der Garten auch gut zum Haus. Eine alte, etwas düstere Villa inmitten eines verwunschenen Gartens. Wäre Heinrich acht, fände er das alles sicher noch toller, mit elf muss er sich da schon etwas anstrengen. Aber weil Jammern einen im Leben nicht weiterbringt, wie man Heinrich tagtäglich aufs Neue versichert, will er sich zumindest ein wenig umsehen. Ein paar Kekse können dabei nicht schaden.

In der Küche sitzt Frieda Rost am großen Tisch. Ein Fuß in ihrem roten Plüschpantoffel, einer nackt auf einen Stuhl drapiert.

„Aha!“, ruft sie, als Heinrich die Küche betritt.

„Hallo!“, erwidert er und vergisst im selben Moment die Keksdose.

Mit Füßen hat er es nicht so. Die riechen manchmal und schauen mitunter komisch aus. Wie Friedas Fuß. Schorfig, rissig, krumme Zehen, gelbliche Nägel und auf dem Ballen des großen Zehs ein Hühnerauge so groß wie ein Zweicentstück.

„Ferdinand schon wieder“, keift sie.

„Heinrich“, antwortet er. „Ich heiße Heinrich.“

„Heinrich?“, echot sie. „Wer nennt denn sein Kind heutzutage noch Heinrich?“

„Schon klar“, sagt Heinrich. Er will den Rückzug antreten. Schnell. Blickkontakt mit einem Hühnerauge ist ihm einfach zu viel.

„Noch nie ein Hühnerauge gehabt?“, will sie wissen.

„Nein!“

„Da hast du Glück gehabt. Ist nichts für Weicheier. Tut höllisch weh. Eine wahre Pein. Gib acht, dass du so etwas nicht bekommst.“ Sie starrt Heinrich abwartend an.

„Okay. Werde ich. Ich schreib es mir gleich auf. Kein Hühnerauge bekommen.“

„Sag nicht, ich hätte dich nicht gewarnt.“

„Nein. Schon klar.“

„So ein Hühnerauge ist eine Hornschwiele mit einem Sporn in der Mitte“, fährt sie fort. „Und der drückt zum aus der Haut fahren.“ Sie schabt mit einer Art Messer daran herum.

Heinrich schluckt und geht. Einfach so, ohne Verabschiedung, ohne weiteres Wort und vor allem ohne Keks. Höflichkeit und Hühneraugen passen nicht zusammen. Draußen stolpert er beinahe über einen der Stühle, die im Flur neben jeder Kommode stehen. Echt Biedermeier, hat Klara ihm erklärt. Falls einem der Weg durch die Flure zu lange wird. Jetzt hat er sich an einem dieser Undinge den großen Zeh gestoßen.

Dagegentreten ist der erste Impuls. Dämlicher Stuhl. Doch dann hört er das Knurren. Leise, aber entschlossen. Helmut sitzt auf dem Stuhl. Also, nicht direkt. Damit er es weicher hat, thront er auf einem gelben Samtkissen. Er fixiert Heinrich aus seinen zusammengekniffenen wässrigen Augen. Die seltsame braune Weste, die er trägt, lässt ihn nicht weniger bedrohlich erscheinen. Frieda Rost hat das Teil wohl selbst gestrickt.

Heinrich macht einen Schritt zurück. Da fällt ihm das Foto auf. Es steht auf der Kommode. Ein wenig beugt er sich vor, weil er seinen Augen nicht traut und sich das genauer ansehen muss. Das Fauchen ignoriert er. Das Porträt eines alten Mannes. Falten, graue, wässrige Augen, große Ohren, braune Strickjacke mit grünem Rand. Aber nicht die Katze. Eindeutig ein Mensch. Die Ähnlichkeit ist allerdings verblüffend. Sogar gleich angezogen sind sie.

„Der selige Helmut“, flüstert Heinrich. Das muss Friedas verstorbener Mann sein.

„Man würde es nicht glauben, wenn man es nicht mit eigenen Augen sehen würde.“

Heinrich erschrickt. Er hat seinen Großvater nicht kommen hören, obwohl sein Schlurfen normalerweise kaum zu überhören ist.

„Das ist doch ...“, beginnt er. Mehr fällt ihm nicht ein.

„Nicht wahr? Die verrückte Frieda war doch tatsächlich mit einem Kobold verheiratet“, sagt Großvater Paul und lacht. „Und du? Warum bist du so blass? Hast du etwa ihr Hühnerauge kennengelernt?“

Heinrich nickt.

„Es wird besser, oder? Du lebst dich langsam ein“, sagt Paul Kramer und betrachtet den Jungen eindringlich.

Heinrich zuckt mit den Schultern. „Man gewöhnt sich an alles“, sagt er, weil er das in der letzten Zeit so oft gehört hat.

„Nicht wahr?“, erwidert sein Großvater. Den sarkastischen Tonfall seines Enkels ignoriert er. „Wo hättest du sonst so ein prächtiges Hühnerauge zu sehen bekommen?“

In einem medizinischen Lexikon, fährt es Heinrich durch den Kopf. Er sagt es aber nicht, weil ihn das bloße Drandenken schon traurig macht. Sein Freund Felix hat immer gerne in so einem fetten Schmöker geblättert. Deswegen hat Heinrich das Ding an Friedas Fuß ja überhaupt erst als Hühnerauge erkannt. Doch den Gedanken an Felix verdrängt er lieber gleich, sonst beginnt er wieder zu jammern. Und das bringt ja nichts, was ihn dann noch wütender macht, und dann wird er wieder zum Kartoffelschälen abkommandiert, um sich abzuregen. Aber was das Kartoffelschälen und Abregen angeht, hat Heinrich so seine eigene Theorie. Es funktioniert nicht. Kein bisschen.

„Sehr witzig“, schnaubt Heinrich. Irgendetwas muss er sagen, sonst platzt er.

„Das ist genau die richtige Einstellung. Du musst das mit Humor betrachten! Schließlich lernst du etwas fürs Leben.“

„Fürs Leben?“ Heinrich fasst es nicht. „Von Hühneraugen, Krampfadern, Hüftschmerzen und geschwollenen Gelenken?“, ruft er.

„Aber ja. Alt werden ist nichts für Memmen. Da muss man einiges aushalten.“

„Als Kind muss man nichts aushalten?“, krächzt Heinrich. Das ist ja wohl die Höhe. Man wird einfach von einem Ort an den anderen versetzt, ohne gefragt zu werden. Und eh man sichs versieht, findet man sich zwischen schwieligen Füßen, Gehhilfen, unzähligen Tablettendöschen und beigen Strickjacken wieder. „Jung sein ist auch kein Zuckerschlecken“, stellt Heinrich klar. „Vor allem nicht, wenn man in einer Seniorenwohngemeinschaft lebt. Renn nicht! Schmatz nicht! Hol mir dies! Hol mir jenes! Deine Beine sind schließlich jünger als meine. Deck den Tisch! Räum ihn ab! Hol die Post rein! Und ihr seid nicht mal bettlägerig."

Gegen Ende seines Vortrags ist Heinrich schon ein wenig laut geworden. Und rot im Gesicht. Das passiert ihm immer, wenn er wütend wird, was ziemlich peinlich ist. Doch jetzt ist ihm sogar das egal. Seine Geduld hat schließlich auch Grenzen.

Vor allem, weil er Frieda kichern hört. Sie findet es immer ausgesprochen komisch, wenn Heinrich sich über irgendetwas beschwert. Leidet er Hunger? Nein. Hat er nichts anzuziehen? Nein. Friert er? Nein. Herrscht Krieg? Nein. Tut ihm etwas weh? Nein. Also gibt es auch nichts, worüber er sich beklagen könnte. So einfach ist das. Und basta.

Nur schnell raus aus dem Haus, bevor sein Großvater etwas erwidern kann. Über die etwas bucklige Blumenwiese, rein ins Dickicht. Der schmale Pfad schlängelt sich regelrecht voran. Links, rechts, geradeaus und wieder um die Kurve.

So wie Heinrich vor sich hin stapft, werden manche Blütenköpfe abgeknickt. In hohem Bogen fliegen sie davon, Pilze verlieren ihre Kappen. Heinrich muss sich einfach abreagieren. Er schlägt mit seinem Stock gerade auf ein paar hüfthohe Brennnesseln ein, als ihn etwas trifft. Mitten auf dem Kopf. Er greift an die pochende Stelle. Fühlt sich klebrig an. Verwirrt sucht er den Boden ab. Ein Kern liegt vor ihm. Von einem Pfirsich oder so etwas. Igitt! Das Ding glänzt. Es wurde gerade noch von jemandem abgelutscht.

Heinrich schaut nach oben. Nichts. Schirmt mit der Hand die Augen vor der Sonne ab. Dreht sich um seine eigene Achse. Über ihm ein dichtes Blätterdach. Mehr nicht, soweit er erkennen kann. Trotzdem schaut er noch einmal ganz genau. Sucht die Äste ab, bis irgendetwas in seinem Auge landet.

„Autsch! Mist!", flucht er und rubbelt sich das rechte Auge.

Als er wieder klar sehen kann, hebt er das Ding auf, das ihn vielleicht blind machen hätte können. Ein zusammengeknülltes Kaugummipapier. Dann kichert der Baum. Zumindest hört es sich so an. Heinrich kann dort oben immer noch nichts ausmachen. Im nächsten Moment baumeln rote Sneakers in der Luft. Darin die Füße eines Mädchens, Jeans, grünes T-Shirt. Plötzlich ist sie da. Als hätte sie die Blätter auseinandergeschoben.

„Wie kommst du denn da rauf?", will Heinrich wissen.

„Bin hier oben gewachsen", antwortet sie.

Darauf geht Heinrich nicht ein. Liegt ja vielleicht an dem Wasser hier in der Gegend, dass alle nur doofe Antworten geben. Der Stamm ist auf jeden Fall ganz glatt. Der erste Ast gut drei Meter über dem Boden. Da kann sie unmöglich hinaufgeklettert sein. Leiter ist weit und breit keine zu sehen.

Heinrich starrt das Mädchen an. Es macht ihn ziemlich wütend, dass sie hier auf einem Baum hockt. Sie beginnt zu lachen, richtet sich auf, hält sich an dem Ast über sich fest und verschwindet wieder im dichten Blätterdach. Nur das Rascheln und die Bewegung des Astes verraten sie. Dann ist es plötzlich still, bis sie am Stamm des Baumes daneben herunterklettert und im nächsten Moment schon hinter Heinrich steht.

„Du musst Heinrich sein", sagt sie.

Heinrich fährt herum.

„Ich muss gar nichts!", blafft er.

„Oh! Ich bitte um Verzeihung. Wohl sehr empfindlich", sagt das Mädchen und grinst. „Dann muss ich wohl auch nicht Anna sein", fährt sie fort. „Ich bin es aber trotzdem."

„Wen interessiert's?", faucht Heinrich. Weil er schon wieder rot geworden ist und davon ablenken will. „Was treibst du überhaupt hier? Das ist ..." Er überlegt. „Hausfriedensbruch", sagt er schließlich.

„Ich bin ja gar nicht im Haus", stellt Anna klar.

„Ist doch egal“, erwidert Heinrich. „Aber auf fremdem Grund und Boden. Ohne Erlaubnis.“

„Woher weißt du das?“, kontert Anna.

Ja. Woher eigentlich? Heinrich fällt keine Antwort ein. Warum er mit dem Mädchen Streit anfängt, kann er nicht sagen. Er kaut auf seiner Lippe herum. Sie hat hier aber nichts zu suchen und damit basta. Er will schon losschimpfen, als sie ihm zuvorkommt.

„Klara hat es mir erlaubt. Ich darf hier herumklettern, wann ich will.“

Ja klar. Und Heinrich hat wieder einmal keine Ahnung. Ihn geht das ja auch nichts an. Was, wenn er nur in seiner Unterhose hier herumgehüpft wäre? Was er natürlich nie getan hätte. Er ist schließlich schon viel zu alt für solche Kindereien. Aber falls doch, weil die Langeweile ihn schon ganz wirr gemacht hat. Dann wäre das ganz schön peinlich geworden.

„Von mir aus“, sagt Heinrich und marschiert einfach an ihr vorbei. Das ist ihm jetzt zu blöd.

„Hey! Warte!“, ruft Anna ihm nach und läuft hinterher. „Warst du schon beim alten Brunnen?“

Heinrich ist das erste Mal so weit in den Garten vorgedrungen. Also nein. Er zuckt aber nur mit den Schultern. Etwas langsamer wird er auch. Einem Mädchen davonzulaufen wäre irgendwie auch kindisch. Er hat ja schließlich keine Angst vor ihr. Vor allem, weil sie mit Abstand die jüngste Person ist, die er in den letzten Tagen gesehen hat. Und ein alter Brunnen klingt interessant.

Der alte Brunnen ist dann ... alt. Und ein Brunnen. Rund gemauert, mit einem rostigen Überbau und mit einem Gitter abgedeckt. Ein riesiges Vorhängeschloss sorgt dafür, dass niemand das Gitter anheben und in den dunklen Schacht springen kann. Ein Stein passt aber durch. Rein damit. Eins, zwei, drei, vier, platsch. Ziemlich tief, und Wasser ist auch noch drin. Ein Brunnen eben. Das wars dann aber auch schon mit der Spannung.

Und Anna redet. Auf dem Weg zum Brunnen, beim Brunnen, beim Steinreinschmeißen, beim Nachglotzen. Anna redet. Dass sie zwei Häuser weiter wohnt, ihre Eltern Architekten sind, sie auch elf Jahre alt ist. Oder ungefähr. Eine Frau spricht nicht über ihr Alter. Dass Heinrichs Tante Klara total nett sei und furchtbar traurig gewesen sei, als ihr Josef so plötzlich gestorben sei. Der sei auch total nett gewesen und ziemlich lustig. Deswegen sei es jetzt auch gut, dass wieder jemand bei Klara wohne, weil sie vor lauter Traurigkeit schon nichts mehr gegessen habe. Ein regelrechtes Klappergestell sei sie schon geworden.

Wenn Heinrich so drüber nachdenkt, ist Großtante Klara tatsächlich ziemlich dünn geworden. Bemerkt hat er es irgendwie, aber richtig aufgefallen ist es ihm eigentlich nicht. Zumindest hat er sich weiter keine Gedanken darüber gemacht. Gewundert hat er sich schon manchmal, dass Frieda Klara noch einen Knödel auf den Teller packte und noch ein Stück Torte und noch ein Stück Brot mit einer dicken Scheibe Käse drauf. Und das ganze Gerede von wegen „Fleisch auf die Rippen bekommen".

Aber Heinrich ist doch gerade umgezogen. Da ist man eben viel mit jammern, sich beschweren und sich selbst beschäftigt. Dabei hat er wohl ganz vergessen, dass Großonkel Josef ja noch gar nicht so lange tot ist und auch Klara gerade keine so tolle Zeit hat. Also ärgert er sich gleich wieder. Zur Abwechslung mal über sich selbst. Das macht es aber nicht besser. Im Gegenteil. Über sich selbst ärgert man sich am allermeisten.

Er wirft Anna einen Seitenblick zu. Er könnte irgendetwas Fieses sagen. Dass sie plappert wie aufgezogen oder dass sie mehr Sommersprossen hat als eine Tüpfelhyäne Tüpfel, zum Beispiel. Dann würde er sich vielleicht gleich besser fühlen. Er lässt es aber. So viele Tüpfel hat eine Tüpfelhyäne nämlich auch wieder nicht. Oder doch? Egal. Er hält den Mund, bevor noch irgendein Blödsinn rauskommt.

Dann erzählt Anna noch von Norbert, dem Gärtner. Dass sie mit ihm blaue Kartoffeln, lila Karotten und weiße Radieschen hinter dem Haus angepflanzt hat. Außerdem grüne Tomaten, schwarze Himbeeren und weiße Ribiseln.

„Hast du denn keine Freunde?“, platzt Heinrich schließlich heraus. Er wundert sich allmählich, wie viel Zeit Anna mit den alten Knackern verbringt.

„Doch, aber die wohnen alle nicht hier in der Gegend.“

Sie schweigt, und Heinrich packt gleich wieder das schlechte Gewissen. Wenn Leute keine Freunde haben, sollte man nicht darauf herumreiten.

Dann redet Anna aber schon weiter.

„Du weißt ja, wie das ist. Wir dürfen uns ja nicht einfach irgendwo treffen. Unsere Eltern wollen immer genau wissen, wer wann kommt. Und dann passt es natürlich gerade nicht. Weil sie zu viel zu tun haben oder nicht aufgeräumt ist. Und dann sagen sie Dinge wie ‚Ein andermal, Schatz‘. Aber das wird dann ewig nichts.“ Dann hört sie wieder auf zu reden. „Na ja“, sagt sie schließlich. „So übel ist es hier aber nicht. Wirst sehen.“

Heinrich schaut wohl ziemlich skeptisch drein, weil Anna zu lachen beginnt.

„Doch, glaub mir“, sagt sie. „Wenn du erst mal Ludwig Schebesta kennenlernst, wirst du deine Meinung ändern.“

„Ludwig Schebesta?“

„Der nette Herr, der zwischen eurem Haus hier und unserem wohnt.“

„Ist der denn nett?“, fragt Heinrich.

„Nein. Das kann man wirklich nicht sagen“, antwortet Anna und lacht.

„Was ist denn dann mit diesem Schebesta?“ Heinrich kann sich nicht vorstellen, was an dem Mann so interessant sein soll.

„Der Kerl ist verrückt“, sagt Anna. „Total plemplem.“

„Was heißt verrückt?“, hakt Heinrich nach. „Wie verrückt denn?“

„Das wirst du schon selber rausfinden. Manche Leute kann man einfach nicht beschreiben. Da muss sich jeder sein eigenes Bild machen.“

Dann dreht sie sich um und läuft los.

„Bis bald“, ruft sie noch, und ehe Heinrich irgendetwas erwidern kann, ist sie schon zwischen den Bäumen verschwunden.

Kapitel 3

In dem Idiotenskat gespielt wird, es keine Betriebsanleitung für das Gehirn gibt und Anna auch ohne Gänsefüßchen weiß, wo es langgeht

Beinahe jeden Tag gegen drei Uhr, nach Kaffee und Kuchen, spielen Großvater Paul, Tante Klara und Frieda Skat. Heinrich spielt nicht mit, weil er erstens sowieso nicht mag und das Kartenspiel zweitens nur zu dritt gespielt wird.

Die drei spielen dann aber nicht einfach Skat. Sie spielen eine spezielle Variante davon: das sogenannte Idiotenskat. Dabei hält jeder Spieler seine Karten verkehrt herum. So kann man zwar das Blatt seiner Gegner sehen, nicht aber seine eigenen Karten. Dann ziehen sie Grimassen, werfen mit dummen Sprüchen um sich und lachen wie blöd. Irgendwann ist das Spiel dann zu Ende und Heinrich hat keine Ahnung wie und auch nicht warum der Sieger gesiegt hat.

„Für Skat braucht man Köpfchen", sagt Frieda immer.

Dann schüttelt sie den Kopf, was heißen soll, dass Heinrich kein Köpfchen hat. Ja, ja. Verstanden. Dazu sagt Heinrich nichts. Wer möchte schon ein Spiel spielen, das Idiotenskat heißt?

Auch heute sitzen sie wieder im blauen Salon, den runden Tisch mit allen möglichen Leckereien gedeckt.

„Man gönnt sich ja sonst nichts", meint Klara immer.

„Nach dem Krieg haben wir genug gehungert", ist Friedas Kommentar.

Also ist der Tisch überladen mit Knabbereien und Keksen. Nur ein paar Fleckchen poliertes Holz blitzen hervor. Irgendwo muss man ja schließlich die Karten ablegen. Nach dem Kaffee geht es los. Ein Gläschen Kirschlikör ist der Startschuss.

Heinrich will eine Weile zuschauen. Er isst drei Stück Marmorkuchen. Eines muss man Frieda nämlich lassen. Vom Kuchenbacken versteht sie eine Menge. Obwohl Heinrich weniger wegen des Kuchens bleibt, als vielmehr wegen des Kirschlikörs. Nicht, dass sie ihm etwas davon abgeben würden! Er ist ein Kind. Da ist Alkohol natürlich strengstens verboten.

Doch Kirschlikör und Frieda Rost sind eine lustige Kombination. Viel trinkt sie ja nicht. Nach dem dritten Glas hat sie für gewöhnlich schon einen im Tee. Klara nennt das so. Sie findet, es klingt kultivierter als beschwipst sein.

Mit einem im Tee ist Frieda auf jeden Fall sehr gesprächig. Dann erzählt sie von früher. Als sie noch ein Kind war. Heinrich wundert sich immer, wie viel sie davon noch weiß. Ist ja schon eine Ewigkeit her. Doch manchmal erzählt sie auch Geschichten, die er vielleicht einmal gegen sie verwenden kann. Wenn sie ihm mal wieder Vorträge hält oder irgendetwas verbieten will.

So hat sie nach dem Krieg manchmal Kartoffeln geklaut. Direkt von den Feldern vor der Stadt. Sie und eine Reihe anderer Kinder. Diebstahl also! Die tolle Frieda, die nie etwas falsch macht. Sie hatten wohl damals kaum etwas zu essen und mussten hungern. Stundenlang sind sie aus der Stadt marschiert, haben sich dann auf ein Feld geschlichen und die Schürzentaschen vollgestopft. Als kleines, klapperdürres Mädchen kann Heinrich sich Frieda Rost nur schwer vorstellen.

Dann hat sie Heinrich angestarrt und den Kopf geschüttelt. Er weiß natürlich nicht, wie es ist, wenn man solchen Hunger hat, dass man auch die Kartoffelschalen isst und Schimmel einfach abkratzt. Nein, das weiß er nicht. Er ist ein verwöhntes Balg, das von Kuchen und Pizza lebt.

„Ach Frieda!“, hat Klara dann gesagt. „Lass doch den armen Jungen in Ruhe. Der kann doch nichts dafür, dass er so viel später zur Welt gekommen ist als wir.“

Aus Trotz hat sich Heinrich ein weiteres Stück Kuchen hineingestopft und sich die Geschichte gemerkt. Man weiß ja nie, wozu man solche Informationen noch brauchen kann.

Und kaputt war auch alles so kurz nach dem Krieg. Die Bomben haben ein wahres Trümmerfeld hinterlassen. Da musste man zusammenrücken. Zu zehnt hätten sie in nur zwei Zimmern gewohnt, erzählte Frieda ein anderes Mal. Die Wände hätten geschimmelt und besonders sauber sei niemand gewesen.

Sogar eine Ratte habe sie gezähmt, den Leopold, weil es da eine ganze Menge Ratten gegeben habe. Den Erwachsenen habe das natürlich nicht gefallen, aber der kleinen Frieda sei das egal gewesen. Die Kinder habe man ja die meiste Zeit sich selbst überlassen. Da habe es kaum Regeln gegeben.

Eine Ratte als Haustier und keine Regeln. So, so. Und Heinrich muss sich andauernd an irgendwelche Vorschriften halten.

Eigentlich erzählt Frieda meistens vom Krieg oder der Zeit danach. Von dem Elend und dem Dreck, von den Trümmern und dem Chaos.

„Das ist bei vielen so“, sagte Klara einmal. „Sie können die Zeit nicht vergessen. Ein Teil von ihnen ist immer noch dort. Wie bei Frieda. Sie hat ihre Eltern verloren. Richtig verloren, so wie man eine Münze verliert. Irgendwo auf dem Weg. Weil sie aus der Tschechoslowakei fliehen mussten. Ihr Vater wollte Essen besorgen in irgendeinem Dorf, durch das sie gekommen waren. Das wars. Keine Spur mehr von ihm. Und irgendwann war die Mutter dann auch weg. Da war Frieda gerade einmal sechs Jahre alt. Was mit ihrer Mutter passiert ist, weiß Frieda bis heute nicht. Monate später ist sie dann Theo Rost über den Weg gelaufen. Zerlumpt muss er gewesen sein und verwirrt.

Weil er von der Front nach Hause kam und niemand mehr da war. Keine Familie mehr. Da taten sich die zwei zusammen und das blieb dann so."

Und so lernt Heinrich, was es mit der Vergesslichkeit von Menschen auf sich hat. Frieda kann sich vielleicht nicht mehr erinnern, dass Heinrich Heinrich heißt oder ob sie schon Kaffee getrunken hat. Was vor über fünfzig Jahren war, steht ihr aber noch klar vor Augen. Als ob es gestern gewesen wäre. Natürlich nicht alles. Aber doch eine ganze Menge.

„Das Hirn ist eine komplizierte Maschine", sagt Großvater Paul oft. „Und Betriebsanleitung gibt es keine." Dann lacht er und meint: „Mit Frieda steht es aber noch nicht so schlimm. Sie fängt mit dem Vergessen gerade erst an. Kleinigkeiten. Hie und da wird eben etwas aussortiert in Friedas Kopf. Nichts, was wir nicht wieder gerade richten können."

Nur, was seinen Namen betrifft, hat Heinrich aufgegeben, gerade richten zu wollen. Soll sie ihn eben nennen, wie sie will. Er weiß seltsamerweise immer, wenn er angesprochen ist, ob sie ihn nun Anton, Johannes oder Konrad nennt.

Heinrich hört noch eine Weile zu.

„Wer ist diese Anna?", fragt er schließlich.

Klara scheint gerade eine besonders lustige Karte auszuspielen. Alle johlen auf.

„Anna?" Klara schaut Heinrich an. „Du hast sie also schon kennengelernt. Gut." Klara überlegt. „Sie ist ein nettes Mädchen und wohnt nur zwei Häuser weiter. Freunde dich ruhig mit ihr an", schlägt Klara vor. „Ihr werdet bestimmt eine Menge Spaß haben."

Heinrich zweifelt wieder einmal. Was Großtante Klara unter Spaß versteht, hat er in den letzten Wochen schon herausfinden dürfen. Kaffeekränzchen und tratschen, Unkraut jäten, Karten spielen, Kaffeekränzchen und tratschen.

„Hübsch ist das Mädchen obendrein“, mischt sich nun auch Großvater Paul ein.

Worauf Heinrichs Gesicht gleich rot anläuft. Seine Wangen pochen. Obwohl es ihm natürlich vollkommen egal ist, ob Anna hübsch ist oder hässlich.

„Darf sie hier einfach kommen und gehen, wie sie will?“, will Heinrich wissen.

„Warum denn nicht?“, erwidert Klara. Darauf fällt Heinrich nichts ein. Obwohl das Gör natürlich eine Diebin sein könnte. Oder aber sie ruiniert etwas. Eine der vielen Vasen, die hier überall herumstehen vielleicht. Nicht, dass groß schade darum wäre.

„Hat wohl Angst vor der Kleinen, unser Bertram“, krächzt Frieda und lacht.

„Warum soll er denn Angst vor dem Mädchen haben?“ Großvater Paul schüttelt den Kopf. „Das schmächtige kleine Ding“, fügt er hinzu, bevor Heinrich noch den Mund aufbringt.

„Weil sie ihm über ist“, stellt Frieda fest. „Schmächtig hin oder her.“

„Über?“ Heinrich versteht nicht.

„Sie ist klüger als du, geschickter, schneller und hübscher sowieso. So etwas hat schon ganz andere eingeschüchtert.“ Frieda klingt dabei sehr überzeugt.

„Woher willst du das denn wissen?“, ruft Heinrich. „Du weißt gar nichts. Nicht einmal meinen Namen.“

„Sehr empfindlich, unser Hubert“, sagt Frieda und lacht.

Eigentlich will sie Heinrich ja nur ärgern. Und er geht ihr natürlich prompt auf den Leim. Auf so eine lächerliche Unterstellung sollte er gar nicht erst eingehen. Angst! Vor einem Mädchen. Soweit kommt es noch!

„Unsere Frieda weiß eine Menge, aber nicht, wie man Idiotenskat spielt“, sagt Großvater Paul. Er spielt eine Karte, die wieder Gejohle auslöst.

Wirklich klüger ist Heinrich jetzt nicht, was diese Anna betrifft. Nur dass sie jederzeit hier herumstreifen darf. Da hat sie nicht gelogen. Und sonst gibt es ja niemanden weit und breit. Zumindest niemanden, der auch nur annähernd in Heinrichs Alter ist. Also gibt er ihr am besten doch noch eine Chance, dieser Anna. Besser, als seine Zeit mit der Runzeltruppe zu verbringen, ist es allemal. Bestimmt kommt sie bald wieder. Jetzt, wo sie einander kennengelernt haben. Dann wird er bereit sein und es wird sich zeigen, ob sie klüger und geschickter ist als er.

Heinrich malt sich schon das nächste Treffen mit Anna aus. Vielleicht hockt sie ja wieder in irgendeinem Baum. Dann wird er cool sein, ganz und gar unbeeindruckt. Nicht herumstottern und hinter ihr herlaufen. Er ist es schließlich, der hier wohnt. Sie ist nur zu Gast. Er wird ihr zeigen, wo es langgeht.

Sogar das Gespräch geht er im Kopf durch. Wort für Wort. Richtig redegewandt ist er. Und lustig. So lustig, dass Anna lachen muss.

Vom Kartenspiel bekommt er gar nichts mehr mit vor lauter Vorstellen. Und auch nicht, dass Klara ihn immer wieder beobachtet. Weil ein Elfjähriger doch glücklich sein sollte. Und sie sich Sorgen macht, dass er sich nicht eingewöhnen will. Darum hat sie ja auch mit Anna geredet.

„Komm doch rüber", hat Klara zu ihr gesagt. „Ganz zufällig."

Bei *zufällig* hat sie mit ihren Fingern so komische Zeichen in der Luft gemacht. Gänsefüßchen. Damit Anna weiß, dass Zufall nichts damit zu tun hat. Das weiß Anna aber auch ohne Gänsefüßchen. Denn in einem hat Frieda recht. Anna ist ein ziemlich kluges Ding.

Faustdick hinter den Ohren hat sie es, würde Großvater Paul sagen.

Klara hat Anna kein Geld geboten oder so. Sie ist also kein Babysitter für Heinrich. Nur anfreunden soll sie sich mit ihm.

Wo er doch so ein lieber Junge ist. Klara weiß gar nicht, was sie noch alles gesagt hat. In den schillerndsten Farben hat sie ihren Großneffen geschildert. Ein bisschen Werbung hat ja noch niemandem geschadet. Im Boden würde der liebe Junge natürlich dennoch versinken, wenn er davon wüsste. So viel ist sicher.

Und die SMS, die Klara Anna schickt, wäre die Krönung.

„Der Fisch ist am Haken und mag dich."

Heinrich würde explodieren, nur damit er sich möglichst schnell in Luft auflösen kann. Doch Anna ist ein verschwiegenes Mädchen. Sie wird Klara nicht verpetzen.

Also ist Nichtwissen ein Segen. Weil Heinrich von all dem keine Ahnung hat, malt er sich das nächste Treffen mit Anna in aller Ruhe aus.

Dabei schaut er aus wie sein Vater. Das fällt Klara auf. Wie er die Stirn runzelt, wenn er angestrengt nachdenkt. Der konzentrierte Blick und wie er die Lippen aufeinanderpresst. Je älter Heinrich wird, desto größer wird die Ähnlichkeit mit seinem Vater Georg.

Wie das wohl für Paul sein mag, fragt sich Klara nicht zum ersten Mal. Es ging ja alles so schnell. Der LKW hat den Wagen einfach gerammt. Auf dem Weg vom Krankenhaus nach Hause. Heinrich war gerade einmal drei Tage alt. Von einem Moment auf den anderen war alles vorbei. Und Paul hatte den Sohn verloren und bekam den Enkel. So ist das Leben. Weil manchmal eben einfach alles anders kommt als man denkt.

Dann muss sie lächeln. Weil sie sich vorstellt, wie Heinrich ihre Gedanken liest. Wie er die Augen verdreht, weil alte Leute so sentimentales Zeug daherreden.

„Also gut", denkt sie. Ihr Bruder ist noch da. Ihre beste Freundin. Ein schönes Zuhause. Friede und ein Enkel für alle. Da kann man sich nicht beklagen.

Klara und Josef haben nie Kinder bekommen. Es hat eben

nicht sollen sein. Dann gibt es natürlich auch keine Enkel. Und Frieda? Sie hat zwei Kinder. Die sind aber ausgewandert. Die Tochter nach Australien, der Sohn nach Kanada. Sie rufen an. Regelmäßig. Einmal im Jahr kommen sie angeflogen und besuchen die alte Mutter. Die Enkel sind da aber nicht immer dabei. Teenager. Fünfzehn und sechzehn. Da interessiert einen eine Oma nicht besonders. Schon gar keine, die man kaum je zu Gesicht bekommen hat. Da hat man Besseres zu tun. Selbst Heinrich, mit seinen elf Jahren, hätte schon Besseres zu tun, wenn man ihn fragen würde.

Also fragt ihn keiner. Es ist nämlich ganz einfach. Wenn man keine Antwort will, stellt man keine Frage. Darum hat auch noch niemand Heinrich gefragt, wie ihm sein neues Zuhause gefällt. Wenn es ihm nämlich nicht gefiele, würde man dumm dastehen. Daher lassen sie sich noch ein bisschen Zeit. Irgendwann, bald. Da ist Klara sicher. Kinder sind ja so flexibel. Sie vergessen schnell.

Obwohl das mit dem Vergessen ja eher ein Ding der Alten ist. Wie bei Frieda, die andauernd Heinrichs Namen vergisst. Und sonst auch noch das eine oder andere.

„Weil das Hirn irgendwann nicht mehr so recht arbeiten will“, hat Großvater Paul ihm gesagt. „Da sterben die Zellen ab und eines Tages weiß man nicht mehr, wozu ein Löffel da ist.“

Das hat Heinrich Angst gemacht und er hat die Augenbrauen zusammengezogen. So wie das früher sein Vater getan hat.

„Keine Sorge“, hat sein Großvater dann gesagt. „Ist ja nicht bei allen Menschen so. Ich löse jeden Tag mein Sudoku. Das trainiert und hält das Hirn in Schwung.“

Und sein Großvater löst so ein Sudoku im Handumdrehen. Sogar die ganz schwierigen. Heinrich ist ja in Mathematik nicht gerade eine Leuchte. Sein Opa wird mit hundert noch wissen, wozu ein Löffel gut ist. Da ist Heinrich sicher.

Kapitel 4

In dem früher eine andere Zeit war als heute und Heinrich über die Mauer schaut und es bitter bereut

Es gibt Tage, an denen bleibt man am besten einfach im Bett, dreht sich um und zieht sich die Decke über den Kopf. Tage, an denen man zum Zahnarzt muss, zum Beispiel, oder wenn in Deutsch ein Grammatiktest ansteht. Zahnarzt oder Deutschtest stehen zwar nicht im Kalender, in zwei Stunden wird Heinrich sich aber trotzdem wünschen, er hätte den Wecker einfach ausgemacht und friedlich weitergeschlafen.

Anstatt auf den Wecker zu pfeifen, steht Heinrich sogar besonders früh auf. Obwohl er das schrille Hahnengeschrei der Weckfunktion seines Handys nicht ausstehen kann. Einen anderen Signalton stellt er aber trotzdem nicht ein. Geweckt werden ist nun einmal eine unangenehme Sache. Da passt ein unangenehmer Ton.

Es hilft aber alles nichts. Er will Anna schließlich zeigen, wo es langgeht. Dazu muss er sich umschauen, lange und gründlich umschauen. So etwas dauert seine Zeit. Der Garten ist doch ziemlich groß.

In der Küche klappert Klara schon mit dem Geschirr. Er könnte sich einfach vorbeischleichen, lässt es dann aber. Sein Magen knurrt vehement. Noch mehr, als früh aufzustehen, hasst er nämlich früh aufzustehen und hungrig zu sein.

Klara trägt ihren geblümten Morgenmantel, die gelben Plüschpantoffeln und irgendwelche seltsamen verdrehten Würste im Haar. Sollen wohl so etwas wie Lockenwickler sein.

Sie hat ihre Haare darum herum gewickelt und jetzt stehen die Enden in alle Richtungen ab.

Klara erschrickt, als Heinrich plötzlich hinter ihr steht. Normalerweise ist sie um diese Tageszeit allein in der Küche. Sie mag diese frühen Stunden, die Ruhe. Wenn der Tag noch lang ist und man alle Zeit der Welt hat.

Kurz macht sie einen verlegenen Eindruck. Dann streicht sie sich über die verdrehten Würste.

„Schick, nicht wahr?", stellt sie fest und grinst.

Heinrich zieht die Augenbrauen hoch. Mit solchen Dingern schaut wohl niemand schick aus. Hat was von einem Igel. Nur nicht so geordnet. Oder von Medusa. Diese Figur aus der griechischen Mythologie. Ihr Blick lässt alle zu Stein erstarren, und auf ihrem Kopf tummeln sich Schlangen.

„Sind Papilotten. Man kann aber auch Schlangenwickler sagen", klärt Klara ihn auf. „Das sind biegsame Schaumgummistäbchen. Man wickelt das Haar einfach darüber, ähnlich wie bei einem Lockenwickler. Dann biegt man die Enden zusammen, damit es auch hält. Wenn man sie dann nach einer Zeit wieder rauszieht, hat man die schönsten Locken."

Heinrich zuckt mit den Schultern und schaut seine Tante ratlos an. Warum man hier aber auch immer Dinge erklärt bekommt, die man gar nicht wissen möchte!

„Danach sieht man richtig schön struppig aus", fügt Klara hinzu.

„Von mir aus", ist alles, was Heinrich dazu einfällt. Es ist gerade einmal sieben Uhr morgens. Für ein Gespräch über Klaras Frisur ist das eindeutig zu früh.

Heinrich lässt sich ohne ein weiteres Wort in einen Stuhl plumpsen. Was soll er dazu auch sagen? Seine eigenen Haare stehen ja auch in alle Richtungen ab. Zum Frisieren ist er einfach noch zu müde. Er streicht sich lediglich geistesabwesend ein besonders widerspenstiges Büschel glatt. Es steht gleich oberhalb des rechten Ohres in einem 90-Grad Winkel ab. Immer wieder drückt er es an den Kopf.

Heinrich gähnt, stützt sich auf seinen Ellbogen und lümmelt schweigend am Tisch. Das ist einer der Vorteile, die man als Kind hat. Man muss nicht viel sagen und wird trotzdem bedient. Klara stellt einen Becher Kakao vor Heinrich ab. Toast mit Marmelade dazu. Klara lächelt, setzt sich gegenüber hin. Die beiden essen schweigend.

Danach starrt Heinrich vor sich hin.

„Warum bist du denn heute schon so früh auf?", will Klara wissen.

„Keine Ahnung", antwortet Heinrich. „Konnte nicht mehr schlafen."

„Wirklich? So schaust du aber gar nicht aus. Du kannst ja kaum deine Augen offenhalten."

„Kann ich wohl." Heinrich spreizt mit Daumen und Zeigefinger die Lider auseinander. „Siehst du! Augen offenhalten. Geht ganz leicht."

„Sehr witzig." Klara schmunzelt.

„Müde bin ich schon", räumt Heinrich ein. „Konnte aber trotzdem nicht mehr schlafen."

„Oje!", erwidert Klara. „Wir werden dich doch nicht angesteckt haben. Je älter man wird, desto weniger Schlaf braucht man. Wir wachsen ja schließlich nicht mehr. Wir schrumpfen höchstens. Man steht mit den Jahren auf jeden Fall immer früher auf."

„Außer Frieda", sagt Heinrich. „Die schläft ja meistens ziemlich lange, oder?

„Ja. Frieda ist die Ausnahme. Vor zehn kommt die kaum aus dem Bett. Sie war immer eine Nachteule. Schon in der Schule war das so. Sie lernte in der Nacht und schlief dann am nächsten Tag im Unterricht. Ziemlich häufig passierte ihr das. Den Lehrern gefiel das natürlich nicht. Da bekam man noch mit dem Rohrstab eins auf die flache Hand. Die Striemen konnte man tagelang sehen. Körperliche Strafen waren in unserer Schulzeit ganz normal."

„Das hat Frieda bestimmt nicht gefallen", sagt Heinrich.

„Das hat niemandem gefallen. Aber das waren eben andere Zeiten. Und Frieda hat es nicht davon abgehalten, ihre Lehrer zu provozieren."

Das glaubt Heinrich sofort. Als brave, folgsame Schülerin kann er sich Frieda beim besten Willen nicht vorstellen. Sie hat mit Sicherheit Dinge angestellt, die Heinrich heute verboten sind. Das waren eben andere Zeiten. Was auch immer das bedeuten mag.

Für Heinrich bedeutet es Willkür. Reine Willkür. Sie erzählen von ihrer Kindheit, von der Freiheit. Wie lustig es war, durch die Gegend zu streifen. Heinrich darf das natürlich nicht. Heute sind ja andere Zeiten. Er muss sein Handy dabei haben, immer erreichbar sein. Sonst bekommt hier gleich jemand einen Herzinfarkt. Ein altes Herz regt sich nämlich viel schneller auf als ein junges.

Wenn Heinrich hier noch länger herumsitzt, war das frühe Aufstehen ganz umsonst. Er pickt die Toastkrümel mit dem Zeigefinger vom Teller.

„Ich geh in den Garten", sagt er und räumt sein Geschirr noch schnell in den Geschirrspüler. Warum er so früh schon in den Garten will, muss er seiner Tante ja nicht auf die Nase binden.

Klara fragt auch nicht weiter nach. Sie nickt nur und nippt an ihrem Kaffee.

Es ist ein wenig dunstig draußen. Die Sonne steckt hinter einer Wolke fest. Die Wiese ist noch feucht. Tau hängt an den Blättern. Heinrich geht bis zur linken Ecke des Gartens. Jenseits der Mauer ist schon der Wald. Klaras Haus liegt an der äußersten Ecke des Stadtrands.

Heinrich geht los. Er zählt seine Schritte. Große Schritte von ungefähr einem Meter. Er will den Garten vermessen. In einer ganz geraden Linie geht das natürlich nicht. Er muss immer wieder Büschen oder Bäumen ausweichen. Aber so genau muss es ja auch wieder nicht sein. Ein ungefährer Eindruck reicht.

Nach 252 Schritten ist er am Ende der Mauer angelangt. Dann geht es weiter. 90 Grad nach rechts, an der hinteren Mauer entlang. Noch einmal 121 Schritte. Dann steht er vor der rechten Mauer, der Grenze zum Grundstück von Ludwig Schebesta. Heinrich schaut hinauf. Gute zwei Meter hoch.

Wenn er auf den Nussbaum da vorne klettert, könnte er hinüberschauen. Vielleicht würde er dann diesen Schebesta zu Gesicht bekommen. Neugierig ist er nämlich schon. Wo Anna so geheimnisvoll getan hat. Von wegen total plemplem und selber herausfinden.

Wieso nicht? Er muss nur ein wenig springen, dann kann er den untersten Ast schon greifen. Stark genug, um Heinrichs Gewicht zu tragen, ist er bestimmt auch. Heinrich baumelt kurz, zieht sich hoch und stemmt sich mit den Beinen am Stamm ab. Er arbeitet sich mühevoll nach oben, bis er die Beine um den Ast schlingen kann. Etwas Schwung noch, eine Drehung und schon ist er oben. Na bitte! So ungeschickt ist er dann doch nicht.

Das mit dem Aufrichten ist allerdings nicht so leicht, wie er gedacht hat. Er ist wohl schon ein bisschen aus der Übung. Seine Knie zittern ganz schön. Zwei Meter sind höher als man denkt, wenn man von oben in die Tiefe schaut. Der obere Ast ist aber nah genug, dass Heinrich sich dran festhalten kann. Von dort aus sieht er den ganzen Nachbarsgarten ein. Nicht einmal halb so groß wie Klaras Grundstück. Vor allem viel schmaler.

Das Haus ist auch keine Villa. Ein stinknormales Haus in einem stinknormalen Garten. Bestimmt lebt auch nur ein stinknormaler Mann darin.

Kaum hat er den Gedanken zu Ende gedacht, trifft ihn irgendetwas auf dem Brustkorb. Um ein Haar verliert er das Gleichgewicht. Er kann sich gerade noch halten, geht in die Knie und klammert sich am Ast fest.

„Was zum ...“, stammelt er. Er tastet an seinem Oberkörper. Nass und glitschig. Und mitten auf dem Shirt ein großer roter Fleck. Heinrich schaut sich um. Da trifft ihn etwas an der Wange. Irgendetwas Widerliches rinnt daran herab.

„Elender Spion!“, ruft plötzlich jemand. „Dir werde ich Beine machen!“

Dann sieht Heinrich, wer hier so herumschreit. Der Mann trägt einen Tarnanzug und einen Helm, an dem Zweige stecken. In der Hand hält er so etwas wie eine Schleuder, mit der er ekliges Zeug auf ihn feuert. Das muss dann wohl dieser Schebesta sein.

Vor dem nächsten Geschoß kann Heinrich sich gerade noch wegducken. Dann springt er, bevor er hier noch abgeschossen wird. Nur schnell weg und in Deckung. Der Kerl scheint echt verrückt zu sein. Die Landung ist hart. Heinrich verkneift sich ein Jammern. Das will er dem Mann nicht gönnen. Er beißt die Zähne zusammen. Dann rutscht er auch noch aus, bevor er wieder richtig auf den Beinen ist.

„Mist!“, schimpft er. „Tomaten! Der beschießt mich mit faulen Tomaten. Ist ja widerlich.“

„Worauf du einen lassen kannst“, tönt es von der anderen Seite der Mauer. „Dreckige Spione haben nichts anderes verdient.“

„Ich bin kein dreckiger Spion“, schreit Heinrich. Dreckig schon. Voller Tomatenglibber und Erde, aber kein Spion.

„Das behaupten alle Spione“, höhnt Ludwig Schebesta. „Als ob man Spionen trauen könnte.“

„Aber warum sollte ich denn spionieren?“ Das hätte Heinrich wirklich gerne gewusst.

„Du willst herausfinden, was ich habe. Was davon du brauchen kannst, wenn es passiert.“

Wenn es passiert? Heinrich versteht kein Wort. Aber der Schebesta klingt so bedeutungsschwer, so überzeugt und wütend. Also fragt er besser nach.

„Was soll denn passieren?“ Er hat sich mittlerweile hinter dem Apfelbaum verschanzt. Der Kerl schießt unermüdlich faules Obst und Gemüse über die Mauer.

„Das wirst du dann schon sehen“, antwortet Ludwig Schebesta. „Und es wird schrecklich sein. Schrecklicher als du es dir vorstellen kannst.“

„Aha.“

„Ja, aha! Aber wage es dann ja nicht, auch nur einen Fuß auf mein Grundstück zu setzen. Nur ein Fuß und ich mache kurzen Prozess mit dir. Darauf kannst du Gift nehmen.“

Vom Giftnehmen ist Heinrich allerdings kein großer Fan. Er hat einmal eine Dokumentation darüber gesehen. Gift kann mitunter grausige Krämpfe und Schmerzen auslösen. Darauf möchte er lieber verzichten. Diese Redensart hat er noch nie verstanden. Und weil ihm nichts Besseres einfällt und unter dem Apfelbaum zu kauern irgendwie lächerlich ist, beginnt Heinrich zu lachen. Langsam und zaghaft fängt es an. Bald gluckst er schon. Dann wird es immer mehr und lauter. Das ist einfach alles so unwirklich. Dieser Schebesta könnte tatsächlich noch verrückter sein als Frieda. Er sollte die beiden einmal miteinander bekannt machen. Vielleicht tun sie sich ja zusammen und sind in Zukunft gemeinsam verrückt. Gleich und gleich gesellt sich ja angeblich gern.

Heinrichs Lachkrampf kommt bei Ludwig Schebesta auf jeden Fall nicht gut an. Ganz still ist es drüben geworden. So still, dass es sogar Heinrich auffällt. Als er aufhört zu lachen, hört man nur noch Vogelgezwitscher. Eines davon ist ein Rotkehlchen. Das weiß Heinrich aus dem Biologieunterricht. Eine Drossel könnte auch dabei sein. Da ist er aber nicht sicher.

Das gefällt ihm nicht. Diese plötzliche Ruhe saugt irgendwie alles ein. Heinrich muss an einen Sturm denken und wie verheerend der womöglich gleich ausfällt. Richtig unheimlich ist es mit einem Mal.

Was dann über die Mauer gesegelt kommt, lässt nichts Gutes ahnen. Zumindest nicht, was die nachbarschaftlichen Beziehungen zu diesem Schebesta betrifft. Eine Wasserbombe nach der anderen, in allen möglichen Farben. Sie zerplatzen an den Ästen über Heinrich, auf Heinrich und rund um ihn herum. Klatschnass ist er, als das Dauerfeuer endlich abbricht. Er schnappt nach Luft und wischt sich die Augen.

„Na, wer lacht jetzt?“, höhnt Ludwig Schebesta. „Beim nächsten Mal ist nicht nur Wasser in den Ballons“, droht er dann noch.

Gut, schießt es Heinrich durch den Kopf. Nur Wasser also. Die Frage wäre wenigstens geklärt. Er hat sich schon Sorgen gemacht. Der Wahnsinnige hätte ja alles Mögliche in die Ballons füllen können.

Heinrich schaut sich um. Der Boden ist übersät mit bunten Gummifetzen. Sogar in den Bäumen hängen sie. Müssen wohl an die zwanzig Stück gewesen sein. Zwanzig Wasserballons in so kurzer Zeit abgeschossen. Mit einer normalen Schleuder ist das wohl kaum zu bewerkstelligen. So schnell kann niemand einlegen, spannen und schießen. Das kann Heinrich sich beim besten Willen nicht vorstellen. Einfach über die Mauer werfen, kommt auch nicht in Frage. Dafür ging alles viel zu schnell. Sie sind nicht alle auf einmal angeflogen. Nacheinander, aber in kurzen Abständen. Einer nach dem anderen.

„Lass dir das eine Warnung sein!", ruft Ludwig Schebesta. „Halte dich gefälligst von meinem Grund und Boden fern!"

Heinrich flucht leise vor sich hin und wringt immer noch sein T-Shirt aus. Eine Antwort spart er sich. Das würde den Verrückten vielleicht noch mehr anstacheln. Und wer weiß, was dann geflogen kommt.

Es schaut ja jetzt schon ziemlich verwüstet hier aus. Und wem wird man dafür die Schuld geben? Dem Kind natürlich. Das Kind ist ja immer schuld. Und noch etwas hat Heinrich in seinen elf Jahren Lebenserfahrung gelernt. Erwachsene sind geradezu besessen von aufräumenden Kindern. Räum dein Zimmer auf! Sonst versinkt die Welt im Chaos oder geht ganz unter. Wenn das nichts nützt, werden auch noch die Armen ins Rennen geschickt. Er kann gar nicht zählen, wie viele arme Kinder froh wären, wenn sie auch nur eines seiner Spielzeuge besäßen. Das mag sein, aber wenn er sein Zeug immer fein säuberlich im Schrank verstaut, haben die armen Kinder auch nichts davon.

Also überlegt er allen Ernstes, ob er das Wasserballondesaster hier beseitigen soll. Obwohl er natürlich ganz und gar unschuldig ist. Aber er sieht schon, worauf das hinausläuft. Dass Frieda, Klara und sein Großvater zweifellos noch unschuldiger sind. Sie waren ja schließlich nicht einmal dabei. Dass Heinrich bestimmt irgendetwas gesagt oder getan hat, was zu diesem Dauerbeschuss mit Wasserballons geführt hat. Dass man den Nachbarn nicht behelligen wird, weil man ja keinen Streit am Gartenzaun wolle. So oder so ähnlich wird es laufen. Über etwas Lebenserfahrung verfügt Heinrich nämlich auch.

Also gibt er sich einen Ruck. Obwohl er bibbert vor Kälte, stopft er sich seine nasse Hose mit Ballonfitzelchen voll. Jedes einzelne Stück sammelt er ein. Die Hosentaschen sind mächtig ausgebeult. Als er endlich fertig ist, wirft er noch einen Blick zur Mauer. Nicht zu lang, man kann ja nie wissen. Aber ein fieser Blick muss sein. Irgendwo dahinter lauert dieser Schebesta sicherlich. Wartet auf seine Gelegenheit. Aber beim nächsten Mal ist Heinrich vorbereitet. Das letzte Wort in dieser Angelegenheit ist noch nicht gesprochen. Alles muss Heinrich sich nämlich auch nicht gefallen lassen. Das wird er diesem Kerl heimzahlen.

Breitbeinig stakst er zum Haus zurück. Die nassen Jeans scheuern, und Heinrich ist stinksauer. Was für ein elender Tag. An solchen Tagen sollte man am besten einfach im Bett bleiben.

Kapitel 5

In dem Heinrich mit Frieda redet und danach ziemlich verwirrt ist

Frieda Rost ist guter Dinge. Ihre Hüfte ist praktisch wie neu. Also nicht ganz wie neu, eben wie 75 Jahre alt. Ein wenig abgenutzt, an manchen Stellen zwickt und zwackt es. Im Großen und Ganzen ist sie aber wieder einsatzbereit. Der Rollator bleibt also im Zimmer.

Sie öffnet die Tür, schwungvoll. Heinrich kann gerade noch ausweichen, sonst wäre er mitten in sie hineingelaufen. Typisch! Rücksicht kennt diese Frau nicht. Reißt die Tür auf, als wäre sie allein auf der Welt.

„Ach Lothar", begrüßt Frieda Heinrich. „Gut, dass ich dich sehe."

Heinrich bleibt stehen. Er ist ja ein höflicher Junge. Frieda lächelt. Das ist ungewöhnlich, beinahe ein wenig verstörend für Heinrich. Sie sagt allerdings nichts. Das macht es nicht besser. Dass er klitschnass ist, ignoriert sie kurzerhand.

„Was ist denn?", fragt Heinrich schließlich.

„Was soll denn sein?", erwidert Frieda.

„Keine Ahnung", sagt Heinrich.

„Und woher soll ich dann wissen, was sein soll?"

„Weil du ‚Ach Lothar' gesagt hast."

„Ich soll ‚Ach Lothar' gesagt haben?" Frieda schüttelt den Kopf. „Das ist ja vollkommen lächerlich. Wo du doch Wilhelm heißt."

„Schon klar." Dieses Spiel schon wieder. Heinrich versucht

es noch einmal. „Du hast auch noch gemeint: ‚Gut, dass ich dich sehe.'"

„Und?"

„Warum?"

„Warum was?"

„Warum ist es gut, dass du mich siehst?"

„Warum nicht?"

Heinrich kann langsam nicht mehr folgen.

„Okay", sagt er. „Dann wünsch ich dir einen guten Morgen." Um diese Zeit ist er einem Gespräch mit Frieda einfach noch nicht gewachsen.

„Das versteht sich ja von selbst", sagt Frieda. „Einen schlechten wirst du mir ja wohl kaum wünschen."

Heinrich nickt und geht an ihr vorbei.

„Dein Morgen war ja nicht so gut", sagt sie.

Heinrich dreht sich um. Was meint sie nur? Die Fenster ihres Zimmers gehen nach hinten hinaus. Möglich wäre es. Sie könnte alles beobachtet haben. Heinrich zögert. Er weiß nicht, was er machen soll.

„Ziemlich verrückt, der Herr Nachbar", sagt Frieda und lacht. „Aber er zielt gut. Das muss man ihm lassen."

Natürlich! Von all den Leuten in diesem Haus musste ausgerechnet Frieda Heinrichs Blamage mitansehen. Sie hatte bestimmt einen Mordsspaß dabei. Er kann sie richtig vor sich sehen. Wie sie am Fenster steht und sich den Bauch hält vor Lachen.

Heinrich läuft rot an. Sie schafft das doch immer wieder.

„Wie?", beginnt er. „Du schläfst doch um diese Zeit noch."

„Ach weißt du, alte Menschen und ihre Blase. Da könnte ich dir Geschichten erzählen."

„Lieber nicht", sagt Heinrich.

„Auf jeden Fall muss man nachts schon mal auf die Toilette,

wenn man in die Jahre kommt. Da hält man nicht mehr so mir nichts dir nichts bis zum nächsten Morgen durch."

Dieser Tag wird immer schlimmer. Erst wird er beschossen und nun muss er sich auch noch Friedas Pinkelgeschichten anhören.

„Und manchmal", fährt Frieda fort, „muss man morgens nochmal raus. Auf meinem Weg zur Toilette habe ich dann euer kleines Gefecht gesehen. Das war wirklich sehr unterhaltsam."

„Das ist dann ja die Hauptsache", ätzt Heinrich. „Wenn du dich unterhalten hast, ist ja alles gut."

„Wie so ein junger Mensch nur so viel zu jammern hat", sagt Frieda und lacht. „Du hast es doch überlebt. Ein paar kleine Kratzer. Mehr hast du nicht abbekommen."

„Der Kerl hat mich mit ekligem Zeug beschossen", ruft Heinrich.

„Wen interessierts!", höhnt Frieda. „Das nächste Mal schießt du zurück."

„Ach ja? Und womit, wenn ich fragen darf?"

„Um Himmels willen", ruft Frieda. „Du bist ein Junge. Zeig doch mal ein wenig Einfallsreichtum. Gegen solche Menschen muss man sich wehren. Sag nicht, ich hätte dich nicht gewarnt."

Das würde Heinrich im Traum nicht einfallen. So oft, wie sie ihn schon gewarnt hat. Vor Hühneraugen, Verrückten oder großen Ohren. Ihm fällt gar nicht mehr alles ein.

„Wir hätten uns das früher nicht gefallen lassen. Früher musste man noch für sich selber einstehen."

„Ja", sagt Heinrich. „Früher waren eben andere Zeiten." Ha! Endlich! Vielleicht fällt ihr ja mal auf, wie blöd dieser Spruch ist.

Genugtuung macht sich auf seinem Gesicht breit. Ein wenig zumindest. So richtig triumphieren kann er aber nicht. Dafür lacht Frieda viel zu sehr.

Als sie sich dann wieder beruhigt hat, sagt sie: „Da hast du recht. Die heutige Jugend ist ja viel zu sehr damit beschäftigt, sich zu beschweren. Dann wird gepetzt. Jeder noch so kleine Mist. Damit andere ihre Probleme lösen."

„Hab ich etwa gepetzt?" Heinrich ist empört. Er petzt nicht. Obwohl er sich schon fragt, was er gegen so einen Verrückten wie den Schebesta ausrichten soll. Fernhalten, würde die Polizei wohl raten. Zumindest macht sie das immer in diversen Fernsehserien. Und die Polizei muss es wissen. Bestimmt hat sie tagtäglich mit solchen Leuten zu tun. Leuten, bei denen man mit Reden nicht weiterkommt.

„Hast du?"

„Nein. Ich hab es niemandem gesagt."

„Hätte ja sein können, dass du deinen armen Großvater schon auf den Nachbarn gehetzt hast."

„Hab ich nicht."

„Dann ist es ja gut. Lös deine Probleme gefälligst selbst! Deine Eltern haben dich ja nicht umsonst Alexander genannt. Wer den Namen eines berühmten Feldherrn trägt ..." Sie hält inne. „Du weißt schon", sagt sie schließlich und geht.

Und Heinrich weiß schon. Er weiß, dass Frieda Rost verrückt ist. Nicht ganz so verrückt wie Ludwig Schebesta, aber verrückt.

Kapitel 6

In dem Ludwig Schebesta alles notiert und Heinrich das mit dem Bunker erfährt

Heinrich hat sein Bestes versucht, um ungesehen ins Haus zu kommen. Die Sneakers haben bei jedem Schritt Quatschgeräusche von sich gegeben. Also hat er sie ausgezogen und ist auf nassen Socken durch das Haus geschlichen. Genutzt hat es nichts. Frieda ist er schon in die Arme gelaufen. Und hätte Helmut auf der Ofenbank nicht geknurrt und laut Richtung Tür gefaucht, wäre Heinrich zumindest an der Küche unbemerkt vorbeigekommen. Weil Helmut sich aber so aufführt, schaut Klara aus der Tür und erwischt Heinrich noch, bevor er die Stufen hinauf in sein Zimmer verschwinden kann.

„Was ist denn mit dir passiert?", platzt sie heraus und eilt Heinrich hinterher.

„Nichts", wehrt er ab. Über eine plausible Erklärung hat er noch nicht nachgedacht. Im Ausreden erfinden ist er noch nie besonders gut gewesen.

„Nichts?", wiederholt Klara. „Von wegen. Du schaust aus, als hättest du dich im Dreck gewälzt."

„So ähnlich", behauptet Heinrich. „Ich bin ausgerutscht und in eine Lache gefallen."

„Eine Lache?" Klara schaut ihn misstrauisch an. „Es hat seit Tagen nicht geregnet."

„Eben. Ich hab mich ja auch gewundert." Heinrich bleibt dabei. Die Stimme flattert ein wenig. Mit Lügen hat er nicht gerade viel Übung.

„Und die roten Flecken?“ Klara zerrt ihn vor das nächste Fenster ins Licht. „Das sind eindeutig rote Flecken.“

„Keine Ahnung.“ Heinrich zittert und schaut recht erbärmlich drein, weil erbärmlich Dreinschauen bei alten Tanten immer zieht. „Mir ist kalt, Tante Klara. Darf ich heiß duschen gehen?“ Damit dieses Verhör hier endlich ein Ende hat.

Klara lässt ihn los. „Natürlich“, sagt sie und schaut ihm nach, als er die Stufen hinaufhüpft.

Ein paar Minuten später steht Heinrich schon unter der Dusche. Dann rutscht er an der Wand nach unten, bis er sitzt. Er zieht die Beine an und schlingt die Arme um die Knie. So wütend ist er, dass er das Wasser kaum bemerkt.

Das Heimweh ist ein Mistvieh, würde sein Großvater sagen. Es kommt, wenn man nicht damit rechnet.

Und jetzt hat Heinrich nicht damit gerechnet. Weil er sich doch so über den Nachbarn ärgert. Und plötzlich ist es da, das Heimweh. Aus heiterem Himmel oder aus der Dusche. Die ist nämlich auch nicht wie zu Hause.

Das macht ihn gleich noch wütender. Grob rubbelt er sich trocken. Krebsrot schaut er danach aus und schlüpft gleich unter die Decke. Dass er in der Früh aufgestanden ist, kann er nicht mehr ändern. Die Augen könnte er aber schließen, schlafen, aufwachen und weniger wütend sein.

Das funktioniert natürlich nicht. Wer wütend ist, schläft nicht ein, weil er sich herumwälzt. Herumwälzen macht wach. Das weiß jedes Kind. Also auch Heinrich. Am Ende gibt er auf, zieht sich an und geht in die Küche. Er frühstückt einfach noch einmal und tut so, als hätte er alles nur geträumt.

Das klappt eigentlich ganz gut. Bis zum Nachmittag, als Anna kommt. Spät, findet Heinrich. Da hätte er eigentlich nicht so früh aus dem Bett müssen. Aber jetzt steht sie da, wie aus dem Boden geschossen. Von einem Moment auf den anderen.

Sie winkt zu seinem Zimmer hinauf. Weil er dort am mittleren Fenster sitzt und hinausschaut. Er nickt. Zurückwinken will er nicht. Sonst bildet sie sich am Ende ein, er hätte auf sie gewartet.

Die Arme vor der Brust verschränkt, steht sie da und blickt ihm entgegen. Heinrich trottet gemächlich aus dem Haus. Nur die Ruhe! Er hat schließlich auch lange gewartet.

„Hallo!", sagt er.

„Hallo!", sagt sie.

Dann marschiert Heinrich einfach vorneweg. Und Anna hinterher. Wohin es gehen soll, darüber hat Heinrich eigentlich gar nicht nachgedacht. Darum wundert er sich schon ein wenig, als er beim Apfelbaum ankommt und wie es dort ausschaut. All das faule Obst und der Matsch von dem vielen Wasser. Geplant hat er das bestimmt nicht. Im Gegenteil. Er wollte das eigentlich nicht an die große Glocke hängen. So gut ist er dabei nämlich nicht weggekommen. Aber überall das Chaos. Das fällt Anna natürlich gleich ins Auge.

„Was ist denn hier passiert?", fragt sie sofort.

„Der Nachbar", sagt Heinrich nur. „Der ist passiert."

„Was?" Anna schaut sich um.

„Der Verrückte hat mich unter Beschuss genommen", platzt Heinrich heraus. Er muss es einfach jemandem erzählen, sonst bekommt er noch ein Magengeschwür oder so etwas. Außerdem weiß Anna ja, dass der Kerl nicht richtig tickt.

„Mit faulen Früchten?" Anna rümpft die Nase.

„Na siehst du doch!", blafft Heinrich. „Oder steht da irgendwo ein Tomatenstrauch oder ein Pfirsichbaum herum?"

„Nein", antwortet Anna. Sie kennt jeden Baum in diesem Garten. Seit sie vier Jahre alt war, streift sie regelmäßig auf dem Puckschen Anwesen herum. Dass jetzt auch noch jemand in ihrem Alter hier wohnt, findet sie gut und dass der sich gleich mit dem Schebesta angelegt hat, noch besser. Das wird bestimmt ein lustiger Sommer. Sie grinst und schüttelt den Kopf.

„Eben. Ist alles von dort drüben rübergeflogen. Mit einer Schleuder oder so etwas. Am Schluss hat er mich noch mit Wasserballons eingedeckt. Beinahe wäre ich ersoffen und vorher hätte ich mir noch den Hals brechen können. Wo er mich beinahe vom Baum geschossen hat." Heinrich versucht zu flüstern. Nicht, dass der Schebesta ihn hört und wieder von vorne beginnt.

„Vom Baum geschossen?" Anna kneift die Augen zusammen. „Was hast du denn auf dem Baum gemacht?", will sie wissen.

Ein wenig verlegen macht Heinrich die Frage schon. So ist es nicht. Er will ja nicht wie jemand dastehen, der seine Nase in anderer Leute Angelegenheiten steckt. Andererseits ist das hier jetzt auch sein Garten. Da kann er so viel auf Bäume klettern, wie er will.

„Die Aussicht genießen", schnappt er.

„Die Aussicht?" Anna legt den Kopf schief. „Welche Aussicht denn?"

„Ich wollte doch nur kurz hinüberschauen. Wie es dort aussieht. Was ist da schon dabei?" Trotzig kickt Heinrich einen unreifen Apfel ins Dickicht. „Kein Grund, mich gleich anzugreifen."

Anna glotzt Heinrich regelrecht an. Anders kann man das nicht ausdrücken. Es fehlt nicht viel und ihr klappt die Kinnlade herunter. Plötzlich verzieht sie das Gesicht und beginnt zu lachen. Erst glucksend, dann schallend und immer lauter. So laut, dass Heinrich es mit der Angst bekommt. Als er das letzte Mal so gelacht hat, ging das Donnerwetter erst richtig los. Er drückt Anna an den Schultern hinunter, bis beide in der Hocke sind.

„Pssst!", zischt er. „Leise. Sonst nimmt er uns wieder unter Beschuss und diesmal sind sie vielleicht nicht nur mit Wasser gefüllt."

„Was?“ Anna hustet und unterdrückt ihr Lachen.

„Die Wasserballons! Könnten nicht mehr nur mit Wasser gefüllt sein.“

Mehr braucht Anna nicht zu hören. Sie prustet wieder los, fällt nach hinten und lacht hemmungslos.

„Hat er gesagt“, bekräftigt Heinrich.

Witzig ist es schon, wenn er so darüber nachdenkt. Das muss er zugeben. Und bald lacht Heinrich mit. Weil er nicht weiß, was er sonst machen soll. Anna hört ja nicht auf, und einfach so danebenzustehen, das kommt ihm doch ziemlich doof vor.

Das Lachen ist befreiend. Und es passiert auch nichts. Anfangs zieht er ja noch die Schultern hoch. So halb und halb darauf gefasst, gleich von etwas getroffen zu werden. Aber nichts. Kein Beschuss, keine Beschimpfungen. Nur befreiendes Gelächter.

Am Ende haben beide rote Gesichter und schnappen nach Luft. Angeflogen kommt aber nach wie vor nichts. Langsam entspannt sich Heinrich. Vielleicht hält der verrückte Nachbar ja sein Mittagsschläfchen.

Aber da kennt er Ludwig Schebesta schlecht. Ein Schläfchen am helllichten Tag! So etwas kommt natürlich nicht in Frage. Nur die Wachsamen werden überleben, wenn es darauf ankommt. Wenn die Wirtschaft zusammenbricht, die Gesellschaft im Chaos versinkt, jeder sich selbst der Nächste ist, der Stärkere den Schwächeren frisst. Ein Ludwig Schebesta ist dann vorbereitet.

Also verschläft er das Gelächter auch nicht. Er sitzt auf der anderen Seite der Mauer und registriert jedes Wort und die Stimmung zwischen den beiden. Kenne deinen Gegner, lautet sein Motto. Manchmal ist es eben von Vorteil, sich ruhig zu verhalten. Sich ruhig zu verhalten und mitzuschreiben. Damit man nicht vergisst, mit wem man es zu tun hat. In einem kleinen blauen Buch notiert er alles.

Und weil nichts vom Nachbargrundstück geflogen kommt, fühlen sich die beiden Kinder sicher. Sie plappern vor sich hin und machen sich über den schrulligen Nachbarn lustig.

Ludwig Schebesta beißt die Zähne zusammen. Wer hier der schrullige Nachbar ist, liegt ja wohl im Auge des Betrachters. Vor allem diese Anna ist ihm ein Dorn im Auge. Die Göre kennt er ja schon besser, als ihm lieb ist.

„Weißt du“, sagt Anna, „mich hat er auch schon einmal vom Baum geholt.“

„Im Ernst?“ Heinrich lacht wieder.

„Ja. Ich war sieben oder acht.“

„Nicht wahr!“ Heinrich staunt nicht schlecht. „So klein. Der spinnt doch total.“

Und Schebesta nickt vor sich hin und schreibt jedes Wort auf. Er hat Stenografie ja noch in der Schule gelernt. Ein sehr brauchbares Abkürzungssystem. Heutzutage lernen die ja nichts Gescheites mehr. Denen wird er zeigen, wer hier spinnt.

„Allerdings“, stimmt Anna zu. „Und wie der spinnt! Ich bin auf den Kirschbaum geklettert. Einfach so. Ich wollte ja gar nicht hinüberschauen.“

Von wegen! Ludwig Schebesta muss an sich halten, dass er der kleinen Lügnerin nicht gleich eine Abreibung verpasst. Aber er kann warten. Geduld ist die Stärke des Siegers. Seine Chance wird kommen.

„Ich wollte einfach nur klettern“, fährt Anna fort. „Der Baum hat so schön geblüht. Kleine weiße Blüten überall. Ich also rauf und will schnuppern. Die duften ja so gut.“

Als würden kleine Mädchen an Kirschblüten schnuppern! Das kann man einem Ludwig Schebesta nicht erzählen.

„Der Baum stand bei der Mauer zu seinem Grundstück. Ich

hab mir nichts dabei gedacht. Ein Baum wie jeder andere. Ich mach es mir gerade bequem. Da taucht der plötzlich auf. Ist wohl eine Leiter hinaufgeklettert oder so. Jedenfalls holt er ein Megafon hervor und brüllt mich an."

Jetzt ist es Ludwig Schebesta, der sich ein Lachen nur schwer verkneifen kann. Wie sie geguckt hat. Ganz groß wurden sie, ihre grünen Augen. Er dachte schon, sie pinkelt sich in die Hose.

„Vor Schreck hab ich mich fast angepinkelt", sagt Anna.

„Was hat er denn geschrien?", will Heinrich wissen. „Mich hat er immer als Spion beschimpft."

„Nichts. Er hat nur gebrüllt. Einfach *Aaaaahhhhh!* Aber lang und laut. Das hat mich vom Baum geweht."

Anna kichert bei der Erinnerung.

„Zack! Und schon bin ich unten gelegen. Hab mir den rechten Arm gebrochen."

„Ist nicht dein Ernst?" Heinrich stockt. „Der hat dich ja wirklich verletzt", sagt er.

Ludwig Schebesta schnaubt in sich hinein. Wer sich auf Bäumen nicht festhalten kann, sollte nicht hinaufklettern. Das hat er damals schon Annas Mutter gesagt. Dass die kleine Göre vom Baum fiel, lässt er sich nicht in die Schuhe schieben. Aber dieses Weib war ja regelrecht auf ihn losgegangen. Wie eine Furie. Weil sie ihre süße Prinzessin so gerne in Watte gepackt hätte. Die ganze Aufregung wegen eines schlichten Knochenbruchs! So etwas heilt doch in kürzester Zeit. Und die Kleine hat dann auch besser aufgepasst. Einen Gefallen hat er ihr getan. Aber war man ihm dafür dankbar?

„Meine Mutter hat sogar die Polizei gerufen. Die haben dann mit ihm gesprochen. Herausgekommen ist aber nichts dabei."

Natürlich nicht, empört sich Ludwig Schebesta im Stillen. Er hat ja auch nichts getan.

„Weil der Schebesta nur geschrien und mich nicht direkt attackiert hat. Solange er nichts macht, können sie auch nichts machen. Am besten wäre es, wir würden ihn nicht provozieren. Da ist dann meine Mutter erst recht wütend geworden und hat die Polizisten angeschrien. Was das heißen soll? Ob ein gebrochener Arm denn eine Provokation sei? Das wurde der Polizei dann zu viel und sie sagten ihr, dass sie sich beruhigen soll. Weil der Nachbar nun mal nicht ganz dicht sei und da kann man eben nicht mehr machen, als sich fernzuhalten."

Nicht ganz dicht also! Ludwig Schebesta kneift die Lippen zusammen. Die Polizei, dein Freund und Helfer. Wer seinen Grund und Boden schützt, ist also nicht ganz dicht. Er hat die Namen der Beamten damals notiert. Vielleicht sollte er nachträglich eine geharnischte Beschwerde aufsetzen.

„Und hältst du dich auch brav fern?", fragt Heinrich. Seine Stimme klingt dabei ganz gekünstelt. So, als würde ein Oberlehrer mit Anna sprechen.

„Meistens", sagt Anna und grinst.

Meistens schreibt Ludwig Schebesta in sein Buch. Diesmal nicht als Stenografiekürzel. Er unterstreicht es fünfmal. So fest, dass er beinahe ein Loch in die Seite reißt. MEISTENS! Nicht immer. Wenn das kein Geständnis ist! Die Kleine braucht wieder einmal eine Lektion.

„Komm!", sagt Anna und springt auf. „Ich muss dir etwas zeigen."

Sie rennt die Mauer entlang nach hinten. Heinrich hinterher. Und eines muss man ihr lassen. Schnell ist sie tatsächlich. Heinrich hat seine liebe Not mitzuhalten. Da fällt ihm auch gar nicht erst auf, dass er eigentlich derjenige sein wollte, der vorneweg läuft.

Kurz vor dem Ende des Gartens bremst sie plötzlich. Sie schaut Heinrich entgegen und legt einen Finger auf die Lippen.

Sicher ist sicher. Wer weiß, vielleicht treibt sich Schebesta ja doch irgendwo in der Nähe herum. Er soll nicht mitbekommen, was sie Heinrich gleich zeigen wird.

Die macht es aber spannend, findet Heinrich. Also schaut er Anna ganz erwartungsvoll an und versucht, dabei nicht allzu sehr zu keuchen. Das ist aber gar nicht so leicht, wenn man kaum Luft bekommt. Seitenstechen hat er außerdem. Trotzdem steht er gerade.

Anna legt nochmal einen Finger an die Lippen. Dann greift sie in den Busch, zieht ein paar Äste auseinander und da ist sie.

„Eine Tür?“, platzt Heinrich heraus.

„Leise!“, faucht Anna. „Ja“, flüstert sie. „Die Grundstücke haben einmal zusammengehört. Frag deine Tante Klara. Die kann dir alles darüber erzählen. Und den Schlüssel hat sie auch noch.“

Dann schaut sie Heinrich an. Ganz so, als ob jetzt irgendetwas kommen sollte. Doch Heinrich kennt sich nicht aus. Eine Tür. Ein Schlüssel. Na und? Ist ja nun wirklich nichts Besonderes. Ist schon die zweite verbotene Tür hier, wenn er an die im Haus denkt.

„Da könnte man leicht hinüberschleichen.“ Anna grinst und lässt eine große Kaugummiblase platzen.

Der Gedanke scheint ihr unbändigen Spaß zu machen. Ihre Augen glitzern regelrecht. Die hat es wirklich faustdick hinter den Ohren. Da hat sein Großvater recht.

„Zum Schebesta?“ Heinrich gibt sich Mühe, dass seine Stimme nicht zittert. Ihm schaudert beim bloßen Gedanken. Der Schebesta rastet ja schon aus, wenn man nur hinüberschaut. Was fällt dem erst ein, wenn er einen drüben erwischt? Heinrich stellt sich vor, wie er den Kopf durch die Wand steckt und der Verrückte ihm gleich eins drüberzieht. Bestimmt hat der einen Knüppel für so etwas. Oder sonst irgendeine grausige

Waffe. Dann schüttelt er sich. Das mit dem Bildlich-Vorstellen muss er sich unbedingt abgewöhnen.

„Aber ja“, bekräftigt Anna. „Der gute Herr Schebesta hat nämlich einen Bunker im Garten. Und den willst du doch sicher einmal sehen?“

Kapitel 7

In dem man einem Schebesta nichts vormachen kann, Lebensmittel pulverisiert werden und das Glück nicht in den Genen liegt

Ludwig Schebesta geht im Kreis. In seinem kleinen Haus, das zwischen zwei großen Häusern steht. Wie eine Hütte macht es sich inmitten der Protzbauten aus. Und viel mehr als eine Hütte ist es ja auch nicht. Ein ehemaliges Gartenhaus. Mehr nicht. Ein Geschenk an seinen Urgroßvater. Von Josef Pucks Urgroßvater. Als Belohnung für treue Dienste. Von Arbeitgeber zu Chauffeur.

Das war schon was. Anfang des 20. Jahrhunderts gab es nicht viele Chauffeure. Es gab ja auch nicht viele Autos. Nur wirklich reiche Menschen konnten sich so einen Luxus leisten. Und die Pucks mit ihrer Porzellanmanufaktur waren richtig reiche Leute. Daher das Automobil und zu all den anderen Dienstboten auch noch ein Chauffeur.

Seitdem sitzen die bescheidenen Schebestas zwischen unbescheidenen Villen. Von den Schebestas kam nämlich niemals irgendjemand zu Geld. Man schlägt sich durch, kommt über die Runden, hat, was man braucht. Mehr aber auch schon nicht.

Ein Problem hat Ludwig Schebesta damit aber nicht. Er weiß schließlich, worauf es ankommt, wenn das Chaos ausbricht. Ist ja schon beinahe so weit. An der Börse geht es rund. Immobilienblasen platzen, als wären sie aus Seifenlauge. Menschen verlieren ihre Häuser. Die Banken stehen nicht gut da. Vielleicht müssen die ja bald zusperren. Damit kommen die Leute nicht mehr an ihr Geld ran. Ohne Geld können sie sich nichts mehr kaufen. Auch die Supermärkte können nichts mehr kaufen. Der Handel bricht zusammen. Die Plünderungen fangen an. Die Leute wollen sich noch die letzten Reste sichern, bevor es gar nichts mehr gibt.

Dann erscheint ihnen der alte Schebesta bestimmt nicht mehr so verrückt, da ist er sicher. Im Gegenteil: Angekrochen werden sie kommen und betteln, dass er ihnen etwas von seinen Vorräten abgibt, weil man Geld ja nun mal nicht essen kann und protzige Häuser genauso wenig. Aber das geht natürlich nicht. Es ist alles streng eingeteilt. Auf fünf Jahre hinaus hat er vorgesorgt. Fünf Jahre kann er autark leben, sich selbst versorgen. Er hat Konserven gestapelt, gefriergetrocknete pulverisierte Lebensmittel eingeschlichtet und Wasser gehortet. Ludwig Schebesta ist auf den Ernstfall vorbereitet.

Bis dahin gibt er gerne den Verrückten. Seinem Vater erging es ja auch nicht viel besser. In den Sechzigerjahren fing er an, den Bunker zu bauen. Da lachten ihn alle aus.

„Es kommt kein Atomkrieg“, sagten sie. „Und wenn, wer will dann schon überleben? Wenn alles ruiniert ist und die Erde wie der Mond ausschaut.“

Krieg ist keiner gekommen. Das nicht, aber die Menschen werden ja nicht gescheiter. Eine Krise jagt die andere. Ewig kann das ja nicht so weitergehen. Nur eine Frage der Zeit, bis die Leute übereinander herfallen wie die Schakale. Davon ist Ludwig überzeugt.

Deshalb geht er jetzt im Kreis. Jetzt und zu jeder vollen Stunde. Kontrolliert kurz jedes Fenster. Im Norden, im Süden, im Osten und im Westen. Vorsicht ist die Mutter der Porzellankiste.

Es ist kurz nach fünf Uhr dreißig. Nach seinem Rundgang folgt der tägliche Morgensport. Hundert Kniebeugen, hundert Liegestütze, hundert Klimmzüge. Danach eine kalte Dusche. Warmes Wasser ist etwas für Warmduscher, wie der Name schon sagt.

Pünktlich um sechs Uhr morgens sitzt Ludwig Schebesta beim Frühstück. Eine Tasse löslicher Kaffee, eine Scheibe Schwarzbrot mit Butter und Käse. Fünfzehn Minuten später wäscht er das Geschirr ab. Speisereste locken Ungeziefer an. Ameisen, Kakerlaken und sogar Waschbären. Das gilt es zu vermeiden. Er trocknet ab und verstaut alles an dem dafür vorgesehenen Platz. Das feuchte Geschirrtuch kommt in die Wäsche. Zum Schluss wischt er das karierte Plastiktischtuch sauber.

Als ob niemand hier wohnen würde. So muss es aussehen. Keine Spuren hinterlassen, ist seine Devise. Ganz ohne Spuren geht es natürlich nicht. Weil er eben doch hier wohnt. Wie er das Problem lösen kann, weiß er nicht. Vor allem die vielen Gebrauchsanweisungen im Wohnzimmer lassen sich nur schwer verbergen. Gebrauchsanweisungen für Mixer, Waschmaschinen, Wecker, Spieluhren und vieles mehr. Damit verdient er seinen kargen Lebensunterhalt. Mit der Übersetzung von Gebrauchsanweisungen ins Tschechische. Das ist die Sprache seiner Vorfahren. Also hat jeder Schebesta sie von klein auf gelernt. Sein Großvater brachte sie seinem Vater bei, sein Vater ihm, und hätte er einen Sohn, dann hätte Ludwig sie diesem ebenfalls beigebracht.

Fein säuberlich, zu zehn gleich hohen Stapeln aufgeschichtet, liegen die Papiere im Wohnzimmer. Gleich neben dem Arbeitstisch mit den Stiften, dem Brieföffner und der kleinen Lampe. Fünf Stunden sitzt er täglich an diesem Tisch. Das bezahlt die Rechnungen.

Nach dem Frühstück geht er auf den Dachboden. Wegen des guten Überblicks, den man von dort oben hat. Der ganze Garten und auch die Nachbarsgärten liegen vor ihm. Ruhig, unter einer morgendlichen Dunstglocke. Das Gras glitzert. Alles sieht frisch und neu aus.

Stundenlang sitzt er manchmal dort. In seinem bequemen Massagesessel, den er sich extra dafür geleistet hat. Einen kleinen Kühlschrank daneben, den Feldstecher und das Nachtsichtgerät auf dem Beistelltisch. Da lässt es sich schon eine Weile aushalten.

Da hat er ihn natürlich gleich gesehen. Den neuen Jungen bei der alten Puck. Ihr Großneffe Heinrich. So klein und schmächtig, dass er einem beinahe leidtun könnte. Der würde nicht lange überleben, wenn es hart auf hart käme. Und die langen Haare. Hängen in die Augen und über die Ohren. Verweichlicht und verwöhnt, das Bürschchen. So etwas sieht er auf den ersten Blick.

Natürlich führte der Nichtsnutz was im Schilde. Das hat er auch gleich gesehen. Da kann man einem Schebesta nichts vormachen. Wie er nach hinten schlich. So früh am Morgen. Zwei Minuten später hatte Ludwig sich schon an der Mauer postiert. Die Trittleiter dabei, damit er den Überblick behalten konnte. Die Schleuder mit Munition und die stets vorbereiteten Wasserballons in einer Schubkarre daneben.

Dann wartete er. Und während er so wartete, war er glücklich. Das kommt nicht oft vor. Ludwig Schebesta gehört nicht zu den glücklichen Menschen. Das liegt einfach nicht in seinen Genen.

„Glückliche Menschen sind unvorsichtig“, sagte sein Vater immer. „Also ist Glück nichts für uns Schebestas.“

Daran hat Ludwig sich zeitlebens gehalten. Nur in manchen Momenten lässt er sich gehen. In Momenten wie jenen an der Mauer. Weil ihn das an seine Kindheit erinnert. An seinen Vater. Wie oft sie das Lauern trainiert haben und wie nah sie einander dabei waren. Nicht nur, weil in einem Versteck naturgemäß wenig Platz ist.

Sie hatten sich unter einen Busch gelegt und gewartet. Sie hatten sich im Geäst eines Baumes verschanzt und gewartet. Mehr als ein Eichhörnchen war aber nie vorbeigekommen.

Einmal erwischte sein Vater sogar eines. Ein rotes mit buschigem Schwanz. Ohne mit der Wimper zu zucken, brach er dem kleinen Tier das Genick. Abends verkochte er es zu Gulasch.

„Mach dir die Natur zunutze!“, sagte er.

Doch Ludwig tat das Tier so leid, dass er beinahe zu heulen begonnen hatte.

„Iss!“, brüllte sein Vater und donnerte mit der Faust auf den Tisch, dass die Gläser klirrten.

Wie zugeschnürt war Ludwigs Hals. Der buschige Schwanz, die Knopfaugen. Die bekam er einfach nicht aus dem Kopf. Aber was das Essen betraf, verstand sein Vater keinen Spaß. Was auf den Tisch kommt, wird gegessen. Das war eine unumstößliche Regel.

Also würgte Ludwig das Eichhörnchen hinunter. Zäh war es und so scharf gewürzt, dass ihm die Tränen in die Augen stiegen.

Sonst kam aber tatsächlich nie jemand vorbei. Niemand schlich durch den Garten.

„Darauf kommt es nicht an“, sagte sein Vater dann. „Vorbereitet sein ist alles. Geduld will gelernt sein.“

Und Ludwig lernte. Ganz, wie sich das für einen guten Sohn gehört. Warten ist ein Klacks für ihn.

Und dann kam der Junge auf der anderen Seite der Mauer an. Erst hörte Ludwig ihn nur. Das Knacken der Äste, auf die der kleine Kerl stieg. Offenbar hatte ihm niemand beigebracht, wie man sich lautlos fortbewegen kann. Dabei ist das nun wirklich keine Kunst. Schauen, wo man hintritt, ist das Geheimnis.

Dann sah er ihn, die großen Schritte, die er machte. Ludwig Schebesta kommt aus dem Kopfschütteln nicht heraus, wenn er daran denkt. Eine ganze Nacht in der Besenkammer stehen hätte ihm das eingebracht, wenn er sich das in dem Alter geleistet hätte. Sein Vater hatte Prinzipien. Und Prinzipien sind nun mal nicht immer angenehm.

„Was dich nicht umbringt, macht dich hart", sagte sein Vater.

Oft sagte er das. Wenn er ihn morgens aus der Besenkammer ließ. Wenn er ihm mit einer Weidenrute den Hintern versohlte. Wenn er ihn ohne Abendessen ins Bett schickte. Wenn er ihn die Hausaufgaben immer und immer wieder schreiben ließ, weil seine Schrift nicht akkurat genug war. Wenn, wenn, wenn. Er könnte die Liste ewig fortsetzen. Sein Vater gab sich so viel Mühe mit Ludwigs Erziehung. Dafür wird er ihm immer dankbar sein.

Seine Mutter war ja damals schon krank. Ein eigenes Zimmer im Sanatorium bekam sie. Ludwig durfte sie natürlich nicht besuchen. Bald darauf starb sie. Warum, weiß er bis heute nicht.

Ludwig wäre jedenfalls nicht einfach auf den nächsten Baum geklettert und hätte in fremder Menschen Gärten geglotzt. Da muss man sich nämlich nicht wundern, wenn einem eine Lektion erteilt wird. Deshalb hatte er eine besonders große aufgeplatzte Tomate herausgesucht, sie auf die Schleuder gelegt, gespannt und losgelassen.

Beim Gedanken daran lacht er übers ganze Gesicht. Beinahe ein Blattschuss. Sein Vater wäre stolz auf ihn. Das Problem ist damit aber nicht gelöst. Da ist Ludwig Schebesta sicher. Denn jetzt ist auch noch diese Anna aufgetaucht. Und wo dieses nichtsnutzige Nachbarsgör ist, lässt der Ärger nicht lange auf sich warten.

Kapitel 8

In dem Heinrich die Schlüssellade findet,
der gute Plan schon der halbe Erfolg ist und
Heinrich sich Spinnen vom Kopf pflückt

Klara steckt in ihrer blauen Arbeitskluft, auf dem Kopf einen ausladenden Strohhut, an den Füßen die grasgrünen Gummistiefel. Die Hände stecken in geblümten Arbeitshandschuhen. Sie und Norbert sind gerade dabei, ein Beet zu harken. Norbert ist der Gärtner.

Warum sie Norbert die Arbeit nicht einfach überlässt, fragte Heinrich sie einmal. Klara grub gerade einen alten Rosenstock aus und stöhnte und schwitzte dabei. Schließlich bezahlt sie ja einen Gärtner fürs Gärtnern. Wozu sich also selber anstrengen?

„Weil man nicht den ganzen Tag vor dem Fernseher hocken kann", antwortete Klara.

„Dann lies ein Buch", erwiderte Heinrich und kam sich ganz gewieft vor. Das hört er nämlich selber auch bei jeder Gelegenheit. Wenn er sich nur irgendwie langweilt, heißt es gleich: „Lies ein Buch!"

„Der Mensch muss sich bewegen", sagte Klara dann. „Das hält die Gelenke geschmeidig. Sonst kracht es zu sehr, wenn man aufsteht. Und langweilig ist es obendrein, das Herumsitzen. Erde und Gras riechen so gut. Und Erdbeeren schmecken noch viel besser, wenn man sie selbst angepflanzt hat."

Heinrich beobachtet die beiden kurz. Beinahe synchron arbeiten sie nebeneinander her. Er räuspert sich. Keine Reaktion.

Also rückt er gerade heraus. Warum um den heißen Brei herumreden? Das führt ja doch meistens nur zu Missverständnissen.

„Was ist das für eine Tür?“, fragt er.

Klara und Norbert richten sich auf, ächzen ein wenig, strecken die Rücken durch und drehen sich zu Heinrich um. Wie zwei Synchronschwimmer. Die Bewegungen abgestimmt.

„Welche Tür?“, gibt Klara zurück. Sie zupft ein geblümtes Stofftaschentuch aus ihrer Hosentasche und wischt sich die Schweißperlen von der Stirn.

„Die Tür in der Mauer hinten. In der Mauer zum Nachbargrundstück.“

„Ach die.“ Klara stützt sich an der Harke auf und wechselt einen Blick mit Norbert.

„Ja die.“ Heinrich klingt ein wenig ungeduldig.

„Na, es ist die Tür zum Nachbargrundstück“, stellt Klara fest und schaut Heinrich amüsiert an.

„Wieso fragst du, wenn du die Antwort schon kennst?“, fragt Norbert. Er lehnt jetzt ebenfalls auf seiner Harke.

Der Mann arbeitet schon länger als dreißig Jahre für die Pucks. Für die Pucks und für eine Reihe anderer wohlhabender Kunden. Er ist braun gebrannt, hat kurz geschnittenes, grau meliertes Haar und einen langen Ziegenbart am Kinn. Das Ding ist zu einem dünnen Zopf geflochten und bestimmt fünfzehn Zentimeter lang.

Immer diese Klugscheißer! Doch Heinrich verbeißt sich jeglichen Kommentar. Mit den vielen Tätowierungen sieht Norbert aus, als könnte er keinen Spaß verstehen. Obwohl Norbert Kornbeißer viel Spaß versteht. Im Gegensatz zu den Schebestas liegt bei den Kornbeißern das Glück nämlich sehr wohl in den Genen. Das merkt man an der guten Laune und an der Ruhe. Über beides verfügt ein Kornbeißer im Überfluss. Bis jetzt weiß Heinrich das aber noch nicht.

Heinrich schluckt also und versucht einen zweiten Anlauf.

„Warum ist da eine Tür? Gibt es einen Schlüssel dazu? Wenn ja, wo ist dieser Schlüssel?“ Jetzt sollten alle Unklarheiten beseitigt sein.

Klara kann sich ein Lachen nur schwer verkneifen. Aber sie gibt sich Mühe. Sie möchte Heinrich nicht schon wieder verärgern. Der Junge hat es ohnehin schwer genug, zwischen all den Erwachsenen.

„Josefs Urgroßvater hat seinem Chauffeur für jahrelange treue Dienste das Gartenhaus geschenkt. Etwas Grund rundherum auch. Damit er ...“ Klara überlegt kurz. „Emil hieß er. Emil Schebesta. Damit dieser Emil das Gefühl hat, dass es auch wirklich sein Garten ist, ließ Josefs Urgroßvater die Mauer aufstellen. Damit klar ist, wo Schebestas Besitz beginnt.“

„Und die Tür?“, fällt Heinrich ihr ins Wort. Wenn man verrückte Nachbarn hat, baut man ihnen nicht auch noch eine Tür ein.

„Die beiden waren ja Freunde und sollten sich jederzeit besuchen können. Mindestens zweimal die Woche spielten sie Boccia. Josef hätte das ja auch gerne mit unserem Nachbarn gespielt, aber mit dem ist das nicht so einfach.“

Das konnte Heinrich sich vorstellen. Mit Ludwig Schebesta ist bestimmt gar nichts einfach.

„Boccia?“, fragt Heinrich. „Was ist das?“

Klara schaut Norbert an.

„Kinder und ihre Computer“, seufzt sie. „Das spielt man mit Kugeln. Erst wirft man eine kleine Kugel, und die Spieler müssen dann versuchen, mit ihrer Kugel möglichst nahe an die kleine heranzukommen. Wer am nächsten dran ist, hat gewonnen. In Frankreich wird das auch viel gespielt. Da nennt man es Boule.“

„Okay.“ Heinrich denkt nach. Da war doch noch was. Richtig. Jetzt fällt es ihm wieder ein. „Wo ist der Schlüssel?“

„In der Schlüssellade in der Küche", sagt Klara ohne Umschweife. „Wieso?"

„Nur so", sagt Heinrich und macht, dass er wegkommt. Das war einfacher, als er gedacht hat.

Er öffnet die Küchentür nur einen Spaltbreit. Wo es mit Klara so glatt ging, will er nicht doch noch in Erklärungsnot geraten. Sein Großvater wird ihn nicht so ohne Weiteres davonkommen lassen. Er wird wissen wollen, wozu er den Schlüssel braucht. Und das wars dann.

Welche Lade der Kommode die Schlüssellade ist, hat Heinrich nicht gefragt. Aber so viele sind es ja auch wieder nicht. Zehn, vielleicht fünfzehn, wenn es hochkommt.

Eine nach der anderen öffnet er. In der neunten wird er endlich fündig. In der untersten Lade, in der hintersten Ecke.

„O Mann!", stöhnt er.

Das ist ja wie bei Harry Potter. Da müssen an die hundert Schlüssel drin sein. Deswegen hat Klara ihm so bereitwillig Auskunft gegeben. Bis er den richtigen gefunden hat, ist er alt und schimmlig.

So viele Schlüssel! Wer hortet so viele Schlüssel, die er nicht braucht? Wenn sie in Verwendung wären, würden sie ja wohl nicht hier drin vor sich hin gammeln.

Da fällt Heinrich plötzlich das verbotene Zimmer oben ein. Das verbotene Zimmer, in das er nicht hinein darf und über das auch nicht gesprochen wird. Damit das klar ist. Der Schlüssel zu diesem Zimmer könnte auch gut hier drin sein. Dann würde er gleich zwei Fliegen mit einer Klappe schlagen. Jetzt werden nämlich andere Saiten aufgezogen. Sollen die ihm doch verbieten, was sie wollen. Darauf wird jetzt gepfiffen!

Na ja. Zumindest hin und wieder. Sonst kommt er hier aus dem Kartoffelschälen nicht mehr raus.

Heinrich zieht die Lade heraus, ruckelt ein wenig und löst

sie ganz aus der Kommode. Er stellt sie auf dem Tisch ab und setzt sich davor. Strategisch muss er das Ganze angehen. Strategisch und wohlüberlegt.

Beide Türen sind schon ziemlich alt. Die passenden Schlüssel müssten also auch alt sein. Bestimmt haben sie einen Bart. Alte Schlüssel haben immer Bärte und große Griffe. Die glänzenden, kleinen modernen Schlüssel kann er also schon einmal zur Seite legen.

Dumm nur, dass gar nicht so viele neue Schlüssel da drin liegen. Die braucht man ja auch meistens noch. Es bleibt also eine erkleckliche Anzahl übrig. Davon räumt er die kleinen erst einmal beiseite. Auf die großen kommt es an. So muss es sein. Ein Gartentor ist bestimmt mit einem großen Schlüssel verriegelt worden.

Am Ende bleiben Heinrich vierzehn Schlüssel übrig. Teilweise rostig, mit großen Griffringen und krummen Bärten. Einer davon wird bestimmt das Tor zu Schebestas Garten öffnen. Er wird sie einfach alle durchprobieren. Und was das verbotene Zimmer betrifft, ist er schon neugierig. Einerseits. Andererseits: Was soll da schon groß drin sein? Es spukt nicht in der Villa. Das wäre ihm schon aufgefallen. Erhängt oder aus dem Fenster gestürzt hat sich auch niemand. Davon hätte Heinrich sicher schon einmal etwas gehört. So etwas geht immer in die Familienchronik ein.

Als Erstes schleicht er trotzdem nach oben. An seinem Zimmer vorbei. Drei Türen weiter. Er schaut sich nochmal um, lauscht, ob er etwas hört. Dann steckt er die Schlüssel ins Schloss. Möglichst geräuschlos. Zumindest versucht er das. Manche passen nämlich nicht einmal annähernd in die vorgesehene Öffnung. Das muss er dann wohl noch einmal überdenken. Am besten er misst das Schlüsselloch aus. Das sollte die Auswahl dann doch gehörig einschränken.

Das Zimmer kann aber warten. Das Gartentor hat Vorrang. Seit Anna diesen Bunker erwähnt hat, bekommt Heinrich ihn nicht mehr aus dem Kopf. So etwas wollte er immer schon mal von innen sehen. Wie richten sich die Leute da ein? Wie viel Platz haben sie? Wie dunkel ist es dort unten? Und wie tief geht es eigentlich hinunter? Die Vorstellung, vor Schebestas Nase in sein Allerheiligstes vorzudringen, verursacht Heinrich ein Kribbeln am ganzen Körper.

Gut, der Kerl hat ihn mit faulem Obst und Wasserballons beschossen. Aber Frieda hat recht. Davon stirbt man nicht. Genau genommen wird man von solchen Wurfgeschoßen nicht einmal verletzt.

Wie weit kann er schon gehen? Es gibt schließlich Gesetze in diesem Land. Im Endeffekt wird er sie zurückjagen. Vorausgesetzt, er erwischt sie. Das ist ja auch noch gar nicht sicher. Falls aber doch, wird er schimpfen und fluchen und sie werden nass bis auf die Knochen sein. Allerhöchstens. Mehr kann er wirklich nicht machen. So verrückt wird er ja dann wohl auch wieder nicht sein.

Jetzt muss Heinrich nur noch herausfinden, welcher der vierzehn Schlüssel ins Gartentor passt. Diesmal wird er vorsichtiger an das Ganze herangehen. Schebesta darf ihn nicht zu Gesicht bekommen. Sonst ist die Aktion schon gescheitert, bevor sie begonnen hat.

Er wird auf der anderen Seite des Gartens bis nach hinten schleichen, dann möglichst lautlos und unsichtbar bis zur Schebestamauer vorrücken. Direkt an der Mauer entlang, gedeckt von den dichten Büschen und Sträuchern, wird er sich dann zur Tür durcharbeiten.

Da soll nochmal einer sagen, Heinrich wäre ungeschickt. Ein guter Plan ist eben schon der halbe Erfolg. Zwanzig Minuten später steht er nämlich tatsächlich schon vor dem kleinen Gartentor. Gelaufen ist er natürlich nicht, da hätte er zu viel Lärm gemacht. Trotzdem rast sein Puls.

Das mag vielleicht an den Spinnen liegen, die er sich schon zweimal vom Kopf gepflückt hat. Riesendinger mit fetten Körpern. Im Prinzip hat er ja nichts gegen Spinnen. So nah muss er ihnen dann aber auch nicht kommen. Er wischt sich über Arme und Oberkörper. Alles abstreifen, was da vielleicht herumkrabbelt. Wenn man durchs Gebüsch kriecht, juckt es ganz schön. Einmal noch. Dann ran an den Speck! Er hat hier schließlich eine Aufgabe zu erfüllen.

Heinrich versucht, ganz ruhig zu atmen. Er geht in die Knie und betrachtet das Schloss aus der Nähe. Schaut ziemlich rostig und verwittert aus. Ob das überhaupt noch funktioniert? Mit einem Ludwig Schebesta als Nachbarn ist das bestimmt seit Jahren nicht mehr benutzt worden.

Heinrich fasst sich ein Herz. Er zieht den ersten Schlüssel hervor. Seine Hand zittert ein wenig. Deshalb bringt er den Schlüssel nicht gleich hinein. Links und rechts stößt er gegen den Blechbeschlag. Schließlich klappt es doch. Allerdings hat der Schlüssel zu viel Spielraum und herumdrehen lässt er sich letztendlich auch nicht.

Vorsichtig probiert Heinrich die Schlüssel nacheinander aus. Einer rutscht ihm durch die Finger, weil seine Hände so schwitzen. Mit jedem Schlüssel, der nicht passt, sinkt seine Zuversicht. Er will schon aufgeben. Keines der verdammten Dinger will in das Schloss passen.

Dann steckt er den letzten hinein. Der spießt natürlich auch. Heinrich ist schon ziemlich ungeduldig. Ungestüm ruckelt er an dem Schlüssel. Und plötzlich: Klack! Der richtige Schlüssel im richtigen Schloss! Da bricht ihm gleich wieder der Schweiß aus, aufgeregt, wie er ist. Vorsichtig dreht er ihn wieder zurück. Dabei stellt er ihn nicht ganz gerade und bekommt ihn prompt nicht wieder heraus. Das versetzt ihn in eine mittlere Panik. Wenn der Schebesta ihn jetzt erwischt? Endlich reißt er den Schlüssel heraus und rennt.

Vielleicht kommen die Sommerferien ja doch noch irgendwie in Schwung. Oder es ist einfach nur das Adrenalin, das durch Heinrichs Körper schießt. Ohne weiter auf Klara und Norbert zu achten, schießt er an ihnen vorbei ins Haus. Direkt in die Küche, wo er die Schlüssel wieder in der Lade verschwinden lässt. Bis auf den einen. Den einen, der ihn unter Umständen ziemlich in Schwierigkeiten bringen wird. Das ist Heinrich aber im Moment egal.

Kapitel 9

In dem Kater Helmut niemandem irgendetwas gönnt,
man für jeden klugen Spruch einen Euro bezahlen muss,
der Gescheitere immer nachgeben sollte und
Feindschaft auf ewig geschworen wird

Heinrichs Großvater Paul hadert manchmal ganz schön mit der Welt. Seine geliebte Frau Luise ist an Krebs gestorben und kaum ein Jahr danach der Sohn bei einem Autounfall. Das ist genug, um einen Mann aus der Bahn zu werfen. Zwei derartige Schicksalsschläge so kurz nacheinander.

Doch dann kam Heinrich. Ein schreiendes Baby. Da kann man sich nicht gehen lassen. Die Familie seiner Schwiegertochter hatte keinen Platz und auch keine Zeit. Ihre Eltern fühlten sich damit überfordert. Und so kam Paul Kramer auf seine alten Tage noch zu einem Baby. Weil er eben noch nicht ganz so alt war, Großvater hin oder her.

Und gut war es, auch wenn er sich am Anfang fragte, wo er die Kraft für so etwas hernehmen sollte. Doch das mit dem „Aus der Bahn werfen" war damit vorerst einmal abgesagt. Dafür hatte er nun wirklich keine Zeit mehr. Ein kleines Kind macht doch eine Menge Arbeit.

Mit der Zeit spielte sich aber alles ganz wunderbar ein. Heinrich und er wurden ein richtig gutes Team. Darum zögerte er vorerst, als Klara anrief. Weil ein Umzug das Leben eines Kindes ganz schön durcheinanderbringt. Letztlich überzeugte Klara ihn aber.

Ein paar Unwägbarkeiten konnte Paul natürlich nicht voraussehen. Wie diesen vermaledeiten Kater. Der taucht überall dort auf, wo man ihn nicht brauchen kann, fuchtig, angriffslustig und mit spitzen Krallen wie frisch geschärft.

Jetzt zum Beispiel steht Paul da und versucht, seine Zeitung unter Helmuts faltigem Hintern hervorzuziehen. Das klingt einfacher als es ist. Vor allem, wenn man keine gewischt bekommen möchte. Dieser übellaunige Kater hat seine Krallen praktisch ununterbrochen ausgefahren und hat keinerlei Hemmungen sie einzusetzen. Und so hadert Paul wieder mit der Welt, wegen der vielen Mistviecher, die darin herumrennen und ausgerechnet ihm über den Weg.

Vor dem Problem steht er mindestens einmal am Tag. Irgendwie schafft es das Vieh immer, ihm zuvorzukommen. Man sollte meinen, Paul hätte langsam Übung darin und mittlerweile einen Weg gefunden, das haarlose Tier zu überlisten. Trotzdem taucht Helmut wie aus dem Nichts auf, wenn Lesestoff herumliegt. Eine Zeitung, ein aufgeschlagenes Buch! Schon parkt der Kater seinen knochigen Hintern darauf.

Frieda Rost allein ist ja schon anstrengend genug. Frieda Rost und Kater Helmut sind allerdings eine Zerreißprobe für jeden Geduldsfaden. Sei er auch noch so dick. Man möchte das Mistvieh am liebsten packen und schütteln. Nicht viel, nur ein wenig, damit der Kater weiß, wer hier das Sagen hat.

Unglücklicherweise geht das natürlich nicht. Paul ist ein zivilisierter Mensch. Da vergreift man sich nicht an schwächeren Kreaturen. Am Ende bricht er ihm noch eine seiner herausstehenden dünnen Rippen. Und so einer ist Paul Kramer nun wirklich nicht.

Also redet er Helmut gut zu. Man soll die Hoffnung ja niemals aufgeben.

„Hallo, biestiges kleines Mistvieh“, säuselt er. „Wer ist der allerhässlichste Kater der Welt? Unser Helmut hier ist der allerhässlichste Kater der Welt. Und weil er nicht nur der hässlichste, sondern auch noch der netteste Kater der Welt ist, hebt er sein klappriges Gestell und verzieht sich."

Paul schaut das Tier an. Sogar ein Lächeln zwingt er sich aufs Gesicht. Helmut zuckt nicht einmal mit einem Ohr. Er lässt sich ganz nieder und rollt sich wohlig auf den Rücken. Selbst dabei schaut er noch ausgesprochen übellaunig aus.

Einen Versuch unternimmt Heinrichs Großvater trotzdem noch. Am äußersten Zipfel zieht er an der Zeitung. Im nächsten Moment hängt schon eine von Helmuts Krallen in der Haut von Pauls rechtem Zeigefinger fest. Dass er die Hand einfach hochreißt, anstatt die Kralle vorsichtig zu lösen, macht das Ganze nicht besser.

„Mist, verdammter!", flucht Paul und steckt sich den blutenden Finger gleich in den Mund. Speichel reinigt und kühlt. Die Wunde brennt höllisch. Ein kleiner Kratzer, nicht mehr, aber irgendwann, das schwört er dem Kater, wird er ihm den dürren Hals umdrehen.

Heinrich steht in der offenen Tür und kichert.

„Ein nettes Tier, unser Helmut", sagt er.

„Zeitung lesen im grünen Salon. Das war der Plan", sagt Großvater Paul. „Aber dieser Mistkater kann das wittern. Da bin ich sicher. Und schon hockt er sich drauf. Der gönnt einem einfach gar nichts."

„Wie sein Frauchen", sagt Heinrich. „Die zwei passen gut zusammen. Kein Wunder, dass er sich ausgerechnet unter ihrer Veranda versteckt hat."

„Und weißt du, was das Lustigste ist?", fragt Großvater Paul. „Der selige Helmut war just genauso. Der brachte auch kaum ein freundliches Wort über die Lippen. Und saß er erst einmal, dann konnte ihn kaum etwas dazu bewegen, seinen Hintern zu heben."

„Gibts doch nicht. Und das hat Frieda ihm durchgehen lassen?“

„Sie weiß ihn zu nehmen, hat sie gemeint.“ Dann lacht Großvater Paul. „Ein richtiges Goldstück ist er, hat sie immer gesagt.“

„So wie sie“, ätzt Heinrich und lacht auch.

„Frieda ist eigentlich ganz in Ordnung. Nach außen ein bisschen ruppig vielleicht. Dafür hat sie aber einen weichen Kern.“

„Einen weichen Kern? Frieda?“ Also das kann man Heinrich wirklich nicht weismachen.

„Aber ja. Das wirst du schon noch merken. Wenn du sie erst einmal besser kennst.“

Na, wenn er meint. Heinrich hat da so seine Zweifel.

„Wers glaubt“, sagt er.

„Sie zieht dich doch nur auf. Du darfst nicht alles ernst nehmen, was sie sagt.“

„Eben. Es macht ihr Spaß, mich zu quälen.“

„Nicht doch. Sie will dich nur ein wenig anstacheln“, behauptet Großvater Paul.

„Anstacheln? Wozu denn?“

„Jungen sollten Blödsinn im Kopf haben, meint sie.“

„Das kapier ich nicht.“

„Ich auch nicht so ganz. Ich weiß nur, dass Menschen nicht so einfach gestrickt sind, wie man sich das vielleicht vorstellt. Niemand ist nur gemein oder nur nett.“

„Und?“ Heinrich weiß nicht, worauf sein Großvater hinaus will. Das hört sich verdächtig nach einem Vortrag an. Und da weiß Heinrich oft nicht, worum es eigentlich geht.

„Ich will nur sagen, dass Frieda auch ihre guten Seiten hat. Vergiss das nicht!“

„Wenn ich etwas davon merke, werde ich es nicht vergessen. Versprochen.“ Bis jetzt hat sie diese angeblichen guten Seiten geschickt vor ihm verborgen.

Dann wird sein Großvater ernst. Das erkennt Heinrich gleich. An seinem Gesichtsausdruck. Wie er die Lippen aufeinanderpresst. „Es gefällt dir hier nicht, oder?"

Heinrich zuckt mit den Schultern.

„Ist eben alles ganz anders", sagt er. Anschauen will er seinen Großvater dabei aber nicht. Da beobachtet er lieber Helmut. Der bearbeitet die Zeitung gerade mit seinen Pfoten. Wie der Milchtritt der kleinen Kätzchen bei der Mutter, damit die Milch besser fließt. Ist also was Instinktives. Sogar die wässrigen Augen hat er ein wenig zusammengekniffen. Man könnte fast denken, der würde sich wohlfühlen.

„Ja. Anders ist es schon", räumt sein Großvater ein. „Das muss aber nicht heißen, dass es schlechter ist."

„Muss es nicht", sagt Heinrich. Er klingt recht zögerlich dabei. Sein Großvater soll merken, dass es zwar nicht so sein muss, aber durchaus so sein könnte.

„Du hast viel mehr Platz und einen großen Garten. Das ist doch auch etwas."

„Sicher. Und was ist mit meinen Freunden?", erwidert Heinrich. „Die sind auch etwas, aber jetzt eben etwas, was nicht mehr da ist."

„Das tut mir leid ..."

„Sag jetzt nicht, du wirst neue Freunde finden", fällt Heinrich ihm ins Wort. „Mir ist schon klar, dass es so sein wird. Das ersetzt mir die alten aber noch lange nicht."

„Natürlich nicht. Doch das Leben bedeutet nun einmal Veränderung. Das ist der Lauf der Welt."

„So hast du früher auch nicht dahergeredet", blafft Heinrich. Wenn sie schon einmal dabei sind, offen zu reden.

„Wie?"

„Mit so vielen klugen Sprüchen. Für jede Situation hat hier jemand einen Spruch parat. Ich kann sie nicht mehr hören."

Sein Großvater starrt Heinrich an. Dann beginnt er zu lachen. So lange, bis ihm die Tränen herunterrinnen.

„Entschuldige bitte!“, sagt er. „Du hast recht. Das war mir bis jetzt gar nicht bewusst.“ Er räuspert sich, richtet sich auf und hebt die rechte Hand zum Schwur. „Keine klugen Sprüche mehr. Ich schwöre.“

Heinrich schaut ihn skeptisch an. Ob der Großvater sich hier gerade über ihn lustig macht, lässt sich schwer erkennen.

„Wers glaubt“, sagt er.

„Na gut. Fast keine. Ganz ohne wird es nicht gehen, fürchte ich. Wenn man an so etwas mal gewöhnt ist, dann fällt es einem wahrscheinlich gar nicht mehr auf. Aber ich gebe mir die größte Mühe. Und wenn es mir doch passiert, bekommst du einen Euro. Einverstanden?“

Einen Euro für jeden klugen Spruch. Da wird er bald reich sein.

„Einverstanden“, sagt Heinrich und grinst.

Sein Großvater nickt.

„Ist schon okay“, sagt Heinrich schließlich. „So schlimm ist es gar nicht mehr. Ein bisschen hab ich mich schon an alles hier gewöhnt.“

„Sogar an Frieda?“ Sein Großvater schaut ihn zweifelnd an.

„Ein wenig schon, und wenn du für jeden klugen Spruch von ihr auch noch einen Euro zahlst, gewöhn ich mich noch viel schneller an sie.“ Heinrich ist zwar erst elf, von Geschäften versteht er aber etwas.

„Okay!“, stimmt sein Großvater zu. „Das erscheint mir fair. Das Geld nehm ich ihr beim Kartenspielen im Handumdrehen wieder ab.“

Wie zwei beinharte Geschäftspartner sitzen sie einander an dem runden Tisch gegenüber. Helmut thront zwischen den beiden. Seine hellblaue Strickweste verleiht ihm dabei unerklärlicherweise eine gewisse Würde. So wie er da kauert, hat er etwas von einer ägyptischen Sphinx.

„Was hältst du eigentlich von diesem Schebesta?", will Heinrich wissen. Sein Großvater zuckt nur mit den Schultern.

„Keine Ahnung." Er überlegt. „Ich kenn ihn eigentlich kaum. Bis jetzt hatte ich noch nichts mit ihm zu tun. Ein wenig seltsam scheint er zu sein. Wie er mit dem Tarnanzug und dem Feldstecher im Garten herumstiefelt und herüberglotzt. Was gibt es denn hier schon zu sehen?" Dann zuckt er wieder mit den Schultern. „Aber manche Menschen haben eben seltsame Hobbys. Da kann man nichts machen."

„Hat Klara nie etwas von ihm erzählt?", hakt Heinrich nach.

„Nur, dass er nicht ganz dicht ist."

„Hat sie gesagt, wieso?"

„Sie hat da einmal so etwas erwähnt. Irgendeinen Vorfall."

„Was für einen Vorfall denn?" Heinrich ist gleich ganz aufgeregt. Nicht, dass es ihn überraschen würde. Vorfälle liefert der Kerl wahrscheinlich zuhauf.

„Josef hat vor ein paar Jahren das Dach neu eindecken lassen. Da hat es wohl so etwas wie Krieg gegeben."

„Krieg? Inwiefern?"

„Der Nachbar marschierte auf der Gartenmauer hin und her. Durch ein Megafon schrie er dann ständig herüber. Praktisch ununterbrochen. Die ganze Straße war deswegen in Aufruhr. Die Polizei nahm ihm das Megafon dann weg. Eine Strafe musste er auch zahlen. Wegen Belästigung und Ruhestörung. Am Schluss schwor er Feindschaft auf ewig."

„Feindschaft auf ewig?" Das beunruhigt Heinrich schon ein wenig. Ob man so einen Menschen auch noch reizen sollte?

„So hat es Klara erzählt. Feindschaft auf ewig. Ganz schön durchgeknallt." Sein Großvater hält inne. „Seither ist aber Ruhe, soweit ich weiß."

Das könnte sich bald ändern, schießt es Heinrich durch den Kopf. Ein schlechtes Gewissen hat er deswegen schon. Aber diese Ferien müssen endlich spannender werden. Wenn er dazu einen Wahnsinnigen braucht, der seiner Familie Feindschaft auf ewig geschworen hat, dann ist das eben so.

„Klingt ziemlich verrückt", sagt Heinrich.

„Ja, aber wir haben ja glücklicherweise nichts weiter mit ihm zu tun. Solche Leute lässt man in Frieden. Streitereien mit ihnen kann man nicht gewinnen." Dann schaut er seinen Enkel kurz an und kramt in seiner Hosentasche. Er rollt eine Münze zu ihm hinüber. „Tut mir leid, aber da muss ich noch einmal einen klugen Spruch loswerden: Der Gescheitere muss einfach nachgeben. Sonst hat man keine Ruhe mehr."

Ein bisschen Unruhe könnte dem Haus gut tun, findet Heinrich. Die ganze Gegend hier wirkt etwas verschlafen. Die ehrwürdigen verstaubten Häuser, inmitten ihrer gepflegten Gärten. Etwas Aufregung kann hier wirklich nicht schaden.

Heinrich nickt aber nur. Im Grunde wird er nämlich schon recht haben, sein Großvater. Wer behauptet aber, dass Heinrich der Gescheitere ist?

„Mit einem Wäschekorb könntest du ihn von der Zeitung bekommen", schlägt Heinrich vor.

„Was?" Sein Großvater ist sichtlich verwirrt. Der abrupte Themenwechsel ging ihm jetzt zu schnell.

„Helmut", sagt Heinrich.

Großvater Paul starrt die Katze an. Helmut macht sich unverändert auf seiner Zeitung breit.

„Ich verstehe nicht, was du meinst", sagt er zu seinem Enkel.

„Du kannst einen Wäschekorb über Helmut stülpen. Dann schiebst du ihn langsam weiter. So muss er Stück für Stück weichen. Oder du ziehst die Zeitung unter ihm hervor, während du den Korb über ihm festhältst. Helmut bleibt dann, wo er ist. Der Korb fixiert ihn praktisch auf seinem Platz.“

Großvater Paul schaut Helmut an. Der macht eigentlich einen ziemlich ahnungslosen Eindruck. Sie hätten das Überraschungsmoment auf ihrer Seite.

„Das könnte klappen“, sagt er. „Du bist ein kleines Genie.“

Heinrich zuckt nur mit den Schultern. Dieser Katze muss doch beizukommen sein.

„Ich hol schnell einen Korb“, sagt er und läuft in den Keller.

Dort stehen zwei Waschmaschinen, ein Trockner und sieben Wäschekörbe. Alle aus Plastik, in unterschiedlichen Farben. Heinrich greift sich den größten. Damit ist auch der Sicherheitsabstand zu Helmut am größten. Denn was dieses Vieh betrifft, kann man nicht vorsichtig genug sein.

Dann hetzt er die Stufen hinauf. Im nächsten Moment ist er schon wieder im grünen Salon. Sein Großvater steht mit verschränkten Armen vor einem vollkommen gleichgültigen Helmut. Dessen wimpernlose Augen sind geschlossen. Er schnurrt natürlich nicht. So weit geht es nicht. Heinrich glaubt ja nicht, dass Helmut überhaupt schnurren kann.

„Jetzt bist du gleich dran“, hört Heinrich gerade noch, als er den Korb hineinbringt.

Helmut scheinen die Vorgänge nicht besonders zu interessieren. Der Kater ahnt offenbar nichts von seiner bevorstehenden Zwangsumsiedlung.

Dann geht alles ganz schnell und drunter und drüber auch. Heinrich stülpt dem Kater den Korb über. Ein tiefes Knurren dringt aus Helmuts Kehle. Er faucht und hängt im nächsten Moment schon an den Plastikstreben des Korbes. Seine Pfoten schauen heraus. Die Pfoten, die eigentlich nicht zum Körper passen, weil sie irgendwie zu groß sind. Nach den Pfoten kommen noch die Krallen. Und die sind unglaublich lang, spitz und krumm. Man kann sich richtig gut vorstellen, wie er sie einem ins Fleisch treibt.

Also springen sie instinktiv einen Schritt zurück, Paul und sein Enkel. Gerade sind sie noch mutig und kommen sich überlegen vor, weil sie hier schließlich das Sagen haben. Wenn sich ein Kater dann aber so gebärdet, als habe er die Tollwut und nur der Schaum vor dem Maul fehlt; wenn er sich also so gebärdet, kommt man sich lieber später überlegen vor oder eben von etwas weiter weg. Sicher ist sicher.

Also schauen sie Helmut beim Toben zu und wie er den Korb über den ganzen Tisch schubst. Die Zeitung ist dabei die ganze Zeit mit von der Partie. Allerdings weniger in einem Stück, wie eine Zeitung sein sollte, sondern mehr, wie eine Zeitung nicht sein sollte, nämlich in vielen kleinen Stückchen. Fein säuberlich zerfetzt von messerscharfen Katzenkrallen. Aus den kleinen quadratischen Öffnungen quellen die Fitzelchen hervor.

Als nichts mehr zum Lesen übrig ist, zieht Helmut den Korb an den Rand des Tisches und schlüpft einfach unten durch. Er landet auf dem weichen Perserteppich. Geschmeidig, wie sich das für eine Katze gehört. Er hockt sich hin und putzt sich in aller Ruhe die Pfoten. Weder Heinrich noch dessen Großvater würdigt er eines Blickes. Helmut gähnt ausgiebig und trottet dann gemächlich hinaus. Keine Spur von der Furie, die er eben noch war. Als könnte er kein Wässerchen trüben.

Der Kater hat Stil. Das muss Heinrich ihm lassen. Stil und ein ausgesprochen aufbrausendes Temperament. Wie der gleich aus der Haut fährt! Ohne Rücksicht auf Verluste.

„Siehst du“, sagt Großvater Paul.

„Was?“

„Der Gescheitere sollte nachgeben. Alles andere führt zu nichts.“

Kapitel 10

In dem man mit einem Teleskop nicht nur die Sterne beobachten kann und Heinrich lernt, was Eier mit psychologischer Kriegsführung zu tun haben

Wie auf Nadeln sitzt man, wenn man etwas nicht erwarten kann. Bei Heinrich sind es besonders spitze Nadeln. So spitz, dass er es kaum mehr aushält. Aber Anna lässt sich nicht blicken. Jetzt, wo er den dämlichen Schlüssel organisiert hat.

Allein könnte er natürlich auch losziehen. Er geht in seinem Zimmer auf und ab und denkt darüber nach. Beim Nachdenken will er sich bewegen. Das war schon immer so. Also geht er auf und ab, bleibt stehen und schüttelt den Kopf. Weil man es drehen und wenden kann, wie man will. Allein losziehen kommt nicht in Frage.

Mit Feigheit hat das aber nichts zu tun. Nur, lebensmüde ist Heinrich eben auch nicht. Also geht er weiter hin und her, bis es ihm einfällt. Ganz plötzlich, ein Geistesblitz. Warum er unbedingt mit Anna hinübergehen muss. Weil er nämlich absolut keine Ahnung hat, wo sich dieser Bunker befindet. So einfach ist das.

Der Garten von Ludwig Schebesta ist zwar nicht einmal halb so groß wie das Grundstück hier, zum Absuchen aber immer noch viel zu weitläufig. Der Schebesta würde ihn über kurz oder lang erwischen. Und wer braucht das schon?

Jawohl! Anna muss auf jeden Fall mitkommen. Sonst hat das alles ja gar keinen Sinn. Doch Anna taucht nicht und nicht auf. Typisch. Wenn man sie mal braucht, hängt sie natürlich nicht auf irgendwelchen Bäumen herum.

Andererseits: Wer ist er denn, dass er hier warten muss, bis irgendetwas passiert? Schließlich weiß er ja, wo Anna wohnt. Und das ist nun wirklich nicht das Ende der Welt. Nur zwei Häuser weiter. Hinübergehen. Anläuten. Das wars. Sie tanzt schließlich auch hier an, wann es ihr in den Sinn kommt. Dann darf er das ja wohl auch.

Zwei Stufen auf einmal nimmt er, so eilig hat er es mit einem Mal. Als könnte ihm der Schebesta weglaufen. Oder vielleicht samt Haus abheben und ins All verschwinden. In eine entfernte Galaxie zu seinem Heimatplaneten zurückfliegen. Übrig bleibt dann nur Staub und ein großes Loch, wo jetzt das Haus steht.

Heinrich rennt zur Vordertür hinaus, die Einfahrt hinauf. Das schmiedeeiserne Eisentor quietscht ein wenig. Heinrich stockt. Er schaut das Tor an, bewegt es zwei, drei Mal hin und her. Es quietscht. Dabei wird dieses Tor regelmäßig auf und zu gemacht. Bestimmt wird es auch gewartet.

Das kleine Gartentor ist seit Jahren verschlossen. Die Scharniere sind wahrscheinlich stark verrostet. Sie werden knirschen und knarzen. Und das wird man dann bis nach Afrika hören können. Mit Sicherheit. Er muss unbedingt eine Kanne Öl mitnehmen. Am besten einfach einen Liter drüberleeren. Dann wird das mit dem Quietschen schon gehen.

Heinrich schließt das Tor. Vorsichtig. Nicht, dass der Schebesta von dem Geräusch auf den Plan gerufen wird und aus dem Fenster glotzt. Obwohl er natürlich an dem Haus vorbeigehen darf. Soweit kommt es noch. Das ist schließlich ein freies Land.

Er wird den Kopf hoch halten und vorbeimarschieren. Vorher muss er nur noch tief durchatmen. Nicht, dass ihm die Luft ausgeht. Ein wenig gebückt huscht er am Schebestagrundstück vorbei. Den Kopf kann er ja auf dem Rückweg noch hoch halten. Das läuft ihm ja nicht davon.

Dann steht er vor Annas Haus. Ein eigenartiges Haus. Das ist ihm noch nie aufgefallen. Es steht etwas weiter hinten und er hat einfach noch nie darauf geachtet. Definitiv eine Villa. Nur viel moderner als der Rest hier. Mit viel Glas und Beton. Als hätten sie Schachteln kreuz und quer aufeinandergestapelt. Passt gar nicht zu den anderen Häusern in der Straße. Architekten, hat Anna gesagt. Das sind ihre Eltern von Beruf. Das erklärt das eigenartige Gebilde.

Ellberg steht über der Glocke. Er drückt. Wartet. Drückt noch einmal.

Schließlich ein metallisches Summen. Die Tür springt auf. Heinrich betrachtet das als Einladung und geht zum Haus hinauf.

In der Tür steht eine Frau. Groß, brünett und sehr hübsch. Sie lächelt Heinrich entgegen. Der weiß nicht so recht warum. Schließlich kennt sie ihn ja nicht. Also läuft er wieder einmal rot an. Wie immer, wenn es ohne rot Anlaufen auch schon unangenehm genug wäre.

„Du musst Heinrich sein“, sagt die Frau und streckt ihm die Hand entgegen.

Heinrich schüttelt sie. Das gehört sich schließlich so. Auch wenn er sich seine Hand vorher gern an der Jeans abgewischt hätte. Feucht ist sie und klebrig.

„Guten Tag“, sagt er. „Ist Anna zu Hause?“

Die Frau lacht und nickt. „Komm rein!“, sagt sie und tritt einen Schritt zur Seite.

Das Haus ist sowas von anders. Wie in einem Science-Fiction-Film kommt Heinrich sich vor. Alles glatt und hell, mit so viel Glas, dass die Sonne sogar noch im Haus herinnen blendet. Bei einem Nachbarn wie dem Schebesta hätte er allerdings lieber ein weniger einsehbares Haus.

Oben auf dem Treppenabsatz steht Anna und winkt ihm zu.

„Hallo!“, ruft sie.

„Hallo!“, erwidert Heinrich und setzt einen Fuß auf die Stufen. Als würden die Trittbretter in der Luft schweben. So schaut es aus. Die Streben, an denen sie fixiert sind, kann man kaum sehen. Es schwankt aber nichts. Die Stufen sind fest wie gemauert. Und das Knarren wie zu Hause fehlt auch.

Annas Zimmer liegt zum Schebestagarten hinaus. An ihrem Fenster steht ein großes Teleskop.

„Das hat unserem Herrn Nachbarn nicht gefallen“, sagt Anna, weil Heinrich das Ding so anstarrt. Sie lacht. „Er hat gemeint, ich hätte es nur, um ihn auszuspionieren. Das muss weg, hat er zu meiner Mutter gesagt. Das glaub ich nicht, hat meine Mutter nur gemeint und ihm die Tür vor der Nase zugeschlagen. Die Polizei hat er mir auch noch auf den Hals gehetzt. Die haben aber nur die Köpfe geschüttelt.“ Anna grinst. „Der hasst uns wie die Pest“, sagt sie.

„Das ist aber schon irgendwie gruselig.“ Heinrich wäre das nicht geheuer. „Immerhin rennt der Kerl im Tarnanzug herum.“

„Solche Typen sind harmlos, sagt mein Vater. Der Schebesta leidet zwar unter Verfolgungswahn, aber letztendlich vermeidet er jeden Kontakt mit anderen Menschen.“

„Woher weiß dein Vater das?“, fragt Heinrich. Schließlich ist der Mann Architekt und kein Psychiater.

„Als Architekt hat man es oft mit verrückten Kunden zu tun, meint er. Da lernt man eine Menge über Menschen und wie sie ticken.“

Aha. Ganz leuchtet Heinrich das nicht ein.

„Wir werden es ja bald herausfinden“, sagt er und fischt den Schlüssel aus seiner Jackentasche.

„Ist das etwa ...?“ Anna kommt näher und betrachtet den Schlüssel.

Heinrich nickt. „Ja, das ist er.“

„Zu Schebestas Gartentor?“ Anna klingt ein bisschen ungläubig. „Klara hat ihn dir einfach so gegeben?“

„Nicht direkt. Ich hab ihn eher gefunden, aber er passt. Ich hab ihn schon ausprobiert.“

„Im Ernst?“ Das hätte sie Heinrich gar nicht zugetraut. Dass er sich nochmal so nah an das Schebestagrundstück heranwagt.

„Bist du sicher?“, hakt Anna nach.

„Ja. Er passt eindeutig. Ich hab ihn im Schloss herumgedreht.“

„Na gut“, sagt Anna und tritt wieder einen Schritt zurück. „Dann statten wir dem Herrn mal einen Besuch ab. Das wird bestimmt lustig.“

Heinrich grinst komisch. Irgendwie kommt er sich schon ein bisschen blöd vor. Wie ein Superschurke oder so was Ähnliches.

„Am besten gleich übermorgen“, schlägt Anna vor.

„Übermorgen?“ Heinrich klappt beinahe die Kinnlade herunter. Da ist der Kerl doch schon auf dem Weg zu seinem Heimatplaneten, will er rufen. Er beherrscht sich aber gerade noch.

„Wieso denn erst übermorgen?“, fragt er stattdessen.

„Übermorgen ist der zweite Donnerstag im Monat“, sagt Anna.

„Na und?“ Heinrich versteht kein Wort.

„Da ist der Schebesta immer weg. Jeden Monat, am zweiten Donnerstag, zwischen zwei und vier Uhr.“

„Was? Woher weißt du das?“

„Mit dem Teleskop kann man nicht nur Sterne beobachten“, sagt Anna.

„Dann hat der Schebesta doch recht gehabt“, sagt Heinrich. „Du spionierst ihn aus.“

„Nein. Das hab ich damals ja noch gar nicht gemacht. Er hat mich ja überhaupt erst darauf gebracht. Außerdem steht er oft genug mit seinem Feldstecher an der Dachluke und glotzt herüber. Geschieht ihm ganz recht. So weiß er wenigstens, wie das ist, wenn einem jemand in den Suppenteller stiert."

Das nervt nämlich ganz schön. Darum ist sie jetzt vielleicht ein bisschen laut geworden.

„Von mir aus", sagt Heinrich. Ihm ist das ja eigentlich auch egal. Soll sie sich mit dem Schebesta eben einen Glotzkrieg liefern.

„Ich kann dir ja mal zeigen, wo der Bunker ist." Anna justiert das Teleskop und stellt es scharf. „Komm!", sagt sie und winkt ihn heran. „Sieh mal durch! Gleich da vorne sind die vielen Sträucher. In der Mitte beim rotblättrigen Busch, da, wo das Gras so komisch ausschaut. Da ist die Einstiegsluke. Die müssen wir nur aufhebeln. Dann können wir uns das Ding von innen anschauen."

Wie bei einer bevorstehenden Expedition. So fühlt sich Heinrich. Fremde Welten werden sie erforschen. Unbekannten Gefahren trotzen. Das will geplant sein.

„Wir sollten eine Liste erstellen", schlägt er vor.

„Was für eine Liste?" Anna hält nicht viel von Listen. Sie ist eher der spontane Typ.

„Was wir alles brauchen. An Ausrüstung und so." Heinrich stellt sich wieder hinter das Teleskop. Wie gut man da alles erkennen kann. Beim Löwenzahn sieht er jedes kleine Blütenblatt, wenn er richtig scharf stellt.

„Ausrüstung?" Anna zieht eine Augenbraue hoch. „Wir gehen bloß aufs Nachbargrundstück. Wir reisen nicht zum Mittelpunkt der Erde und den Mount Everest werden wir auch nicht erklimmen." Man kann es schließlich auch übertreiben.

„Trotzdem brauchen wir ein paar Dinge." Heinrich lässt sich nicht beirren.

„Und was?"

„Etwas zum Aufhebeln zum Beispiel. Hast du ja selber gesagt. Womit sollen wir das denn machen?"

„Okay und was noch?" Dafür braucht man schließlich nicht gleich eine Liste. Klassenbeste ist Anna zwar nicht, aber so weit reicht ihr Hirn schon noch. Ein mickriges Ding kann sie sich merken. Das muss sie nicht gleich aufschreiben.

„Eine Kamera wäre nicht schlecht", fährt Heinrich fort. „Zum Festhalten der Beweise."

„Beweise?" Anna schüttelt den Kopf. „Soweit ich weiß, ist der Schebesta ein armer Irrer, aber kein Serienkiller."

„Nicht solche Beweise", erwidert Heinrich. „Beweise, dass wir wirklich dort waren. Dann können wir zeigen, wie es dort ausschaut. Wer hat schon mal einen Bunker von innen gesehen? Also ich kenne niemanden, du etwa?"

Anna zuckt mit den Schultern. „Na wenn schon", sagt sie.

„Außerdem müssen wir unbedingt unsere Handys mitnehmen", sagt Heinrich. „Damit wir Hilfe rufen können, falls er uns erwischt."

„Klingt gut. Das kann auf keinen Fall schaden", stimmt Anna zu. „Und Waffen", fügt sie hinzu. Wenn er schon so eine Liste erstellen will, dann setzt sie auch was drauf.

„Waffen?" Das gefällt Heinrich jetzt nicht so ganz.

„Klar. Wir müssen uns doch im Notfall verteidigen können. Was, wenn er ausgerechnet übermorgen früher als sonst zurückkommt?"

„Und was schwebt dir da so vor?"

„Stöcke oder so etwas." Anna überlegt weiter. „Eine Schleuder vielleicht. Dem Schebesta leistet seine ja gute Dienste."

„Eine Schleuder? Wo sollen wir die denn hernehmen?" Anna hat leicht reden. „Ein breiter Gummi reicht vielleicht auch", sagt Heinrich. „Tante Klara hat haufenweise solche herumliegen. Die braucht sie, wenn sie Kompott macht. Für die großen

Einmachgläser. Da können wir den Schebesta mit kleinen Steinchen beschießen. Oder mit Früchten, falls er uns in die Ecke drängt."

„Eine Uhr ist auch wichtig", sagt Anna. „Der Schebesta ist immer pünktlich." Für einen Uhrenvergleich wie im Film braucht man eben eine Uhr. Mit einem Handy passt das irgendwie nicht.

„Ich hab auch noch große Wasserpistolen. Eigentlich sind es ja eher Gewehre. Haben aber ganz schönen Druck." Heinrich denkt weiter nach. „Und eine Schnur", sagt er. „Eine Schnur brauchen wir auch."

„Wozu denn eine Schnur?"

Eine Schnur kann man immer brauchen. „Wer weiß? Wir haben ja keine Ahnung, was uns dort drüben erwartet."

Vielleicht müssen sie ja mit dem Schebesta kämpfen. Falls sie ihn dann überwältigen, brauchen sie etwas zum Fesseln. Das behält er aber lieber für sich. Sonst hält Anna ihn noch für genauso durchgeknallt wie den Schebesta.

„Und wo nehmen wir so etwas her?"

„Was heißt hier so etwas? Ist doch nur eine Schnur. Die wird ja wohl aufzutreiben sein. In unserem Gartenschuppen liegt bestimmt eine herum. Norbert braucht sie, um Pflanzen an Stöcke zu binden, damit sie nicht umknicken, wenn sie in die Höhe wachsen."

„Von mir aus." Anna muss sich ein Lachen verkneifen. Heinrich nimmt die ganze Sache doch ziemlich ernst. Ihr geht es ja viel mehr um den Schebesta. Eins auswischen will sie ihm. Weil er sie immer mit dem Fernglas beobachtet. Und weil sie sich nur wegen seines blöden Gebrülls die Hand gebrochen hat. „Ich bin außerdem für eine große Packung Eier", sagt sie und grinst.

„Eier?" Das versteht Heinrich jetzt nicht.

„Mit Eiern beschossen werden ist eklig. Stell dir vor, dir rennt der Glibber übers Gesicht."

Heinrich verzieht das Gesicht. Mit Glibber hat er es nicht so. Das stellt er sich lieber nicht vor.

„Und wenn noch Zeit bleibt, bevor er wieder zurück ist, verstecken wir die Eier", fährt Anna fort. „In seinem Bunker, im Garten und in der Nähe des Hauses."

„Und wozu soll das gut sein?" Länger bei dem Verrückten zu bleiben als notwendig, erscheint Heinrich nicht gerade verlockend.

„Du hast aber auch keine Ahnung von psychologischer Kriegsführung", sagt Anna.

„Von psychologischer Kriegsführung?" Davon hat Heinrich tatsächlich keine Ahnung. „Was soll das sein?"

„Psychologische Kriegsführung heißt, dass man den Gegner zermürbt. Das macht ihn so fertig, dass er irgendwann aufgibt."

Dass der Schebesta irgendwann aufgibt so verrückt zu sein, das bezweifelt Heinrich. Und dass ausgerechnet Eier dafür sorgen sollen, ist geradezu lächerlich.

„Das glaubst du ja selber nicht", sagt er.

„Ist bei euch nie ein Osterei verloren gegangen? Also eines, das ihr nicht gefunden habt?"

Heinrich zuckt mit den Schultern. „Keine Ahnung."

„Die Dinger stinken bestialisch nach einer gewissen Zeit. Verfaulte Eier sind kein Spaß. Überhaupt jetzt im Sommer, wo es so warm ist. Nach drei Wochen wird der Schwefelgestank seinen Garten verpesten. Um die Stinkbomben zu finden, muss er alles absuchen. Da ist er dann erst einmal beschäftigt."

Stinkbomben! Das findet Heinrich jetzt doch gut. Für Stinkbomben lohnt es sich, länger zu bleiben.

Mit Hilfe des Teleskops machen die zwei sich dann mit Schebestas Garten vertraut. Vom Tor sind es vielleicht hundert

Meter bis zu den Sträuchern. Links vom Tor sind auch jede Menge Gestrüpp und Bäume. Dort können Anna und Heinrich mehr oder weniger gut getarnt zum Bunker gelangen.

Das Gras steht ziemlich hoch in Schebestas Garten. Der Schebesta würde sich mit Norbert gut verstehen. Zumindest, was die Gartenpflege angeht.

„In dem hohen Gras wird er gleich den Weg sehen, den wir uns gebahnt haben. Den Weg vom Tor zum Bunker." Bei dem Gedanken wird Heinrich ganz heiß. Verräterischer geht es ja wohl kaum. „Da weiß der Schebesta ja gleich, dass ich bei ihm drüben war", sagt er.

„Wieso? Du lebst ja schließlich nicht als Einziger neben dem Schebesta. Könnte ja auch dein Großvater gewesen sein. Oder Frieda", erwidert Anna. „Frieda wäre das durchaus zuzutrauen", sagt sie und lacht. Sie mag die alte Dame mit ihrer ruppigen Art und das komische Vieh, das sie Katze nennt.

„Genau. Sehr wahrscheinlich", faucht Heinrich. Die hat leicht lachen. Sie ist es ja nicht, die der Schebesta dann im Visier hat. „Rauskommen wird es auf jeden Fall, wo der Schebesta sich ja wegen jeder Kleinigkeit gleich aufregt und sogar die Polizei ruft."

„Dann passen wir eben auf und schauen, dass wir nicht wie Elefanten durch seinen Garten trampeln", sagt Anna. „Das wird schon gehen."

„Auf eurer Seite gibt es wohl kein Tor?", will Heinrich wissen.

„Nein. Nur einen durchgehenden Holzzaun und eine dichte Thujenhecke."

„Dachte ich mir schon." Heinrich seufzt, auch wenn er keine Ahnung hat, was Thujen sein sollen. Wär ja auch zu schön gewesen.

„Ach was. Mach dir keine Sorgen! Das wird sicher lustig", beschwichtigt Anna.

„Was wird lustig?“ Annas Mutter steht in der Tür und schaut die beiden an.

Anna zuckt mit den Schultern.

„In der neuen Schule“, antwortet sie. „Heinrich glaubt, er findet keine Freunde.“

„Unsinn!“, stellt Annas Mutter fest. „Natürlich findest du neue Freunde. Im Handumdrehen. Du wirst sehen.“

Heinrich ist schon wieder rot geworden. Er schluckt. Anna versteht es, zu improvisieren. Das muss er ihr lassen.

„Wenn du magst, kannst du mit uns essen“, bietet Annas Mutter noch an, lächelt und verschwindet wieder nach unten.

Jetzt erst nimmt Heinrich den Essensgeruch wahr. Undefinierbar.

„Hirseauflauf“, sagt Anna und verzieht das Gesicht. „Du willst nicht zum Essen bleiben, glaub mir. Aber weißt du was?“ Sie schaut Heinrich an und grinst verschlagen.

Heinrich weiß nicht was und schaut verunsichert zurück.

„Bei uns ist niemand ein Fan von dem Zeug. Es bleibt immer eine Menge übrig. Der Auflauf ist klebrig und lässt sich gut zu Kugeln formen.“

Heinrich blickt sie verständnislos an. Es dauert immer eine Weile, bis bei ihm der Groschen fällt.

„Die Pampe gibt bestimmt tolle Geschoße ab und wir haben uns an dem Schebesta für den Angriff auf dich noch gar nicht gerächt. Wir sollten ihm zeigen, mit wem er sich angelegt hat.“

Heinrich zögert. Das ist vielleicht keine so gute Idee. Der Gedanke hockt ganz hinten in seinem Kopf. Aber vor einem Mädchen kneifen kommt nicht in Frage.

Kapitel 11

In dem zivilisierte Menschen aufs Zivilisiertsein pfeifen, nicht alle Äpfel voller Vitamine stecken und andere angefangen haben

Klara holt die Post herein. 52 Jahre ist es her, seit sie zum ersten Mal diesen Weg zum Haus hinaufging. 1963! Was für ein Jahr. Das Farbfernsehen wurde erfunden, Kassettenrekorder kamen auf den Markt und Schuhe, die so spitz waren, dass man mit einem Fußtritt jemanden hätte erdolchen können.

Mit eben solchen Schuhen stöckelte Klara damals die Einfahrt hinauf. Nur mit Müh und Not konnte sie auf den dünnen Bleistiftabsätzen das Gleichgewicht halten. Die Haare zu einem regelrechten Ballon hochtoupiert, die Stirnfrasen reichten bis zu den Augenbrauen. Das hellrosa Kleid strich sie immer und immer wieder glatt. Nervös bis zur gepuderten Nasenspitze war sie.

Wegen Josefs Eltern, die sie zum ersten Mal sehen würde. Hinter einem der vielen Fenster warteten sie auf Klara, ihre zukünftige Schwiegertochter. Mit Gänsehaut denkt sie an dieses Treffen zurück, wie unwirklich ihr das alles erschien. Der riesige Garten, das protzige Haus, die polierten Möbel und all der Schnickschnack, der ihr so viel Respekt einflößte.

Aber sie hat sich eingelebt. Also wird auch Heinrich sich einleben. Trotz eines Nachbarn wie Ludwig Schebesta.

Frieda hat ihr erzählt, wie der Wahnsinnige Heinrich beinahe vom Baum geschossen hat. So etwas geht doch nicht! Frieda findet aber doch. Weil der Junge lernen muss, sich zu wehren, und Abwechslung braucht er obendrein.

Natürlich überzeugt das Klara nicht. Heinrich ist ein Kind und Schebesta ein Erwachsener. Er hat den Jungen nicht anzugreifen. Wenn dem Herrn Nachbarn etwas nicht passt, soll er gefälligst zu ihr kommen. Dann bespricht man das Problem und löst es. So machen das zivilisierte Menschen und nicht anders. Wasserbomben und faules Obst sind jedenfalls nicht der richtige Weg.

Klara bleibt stehen und betrachtet Schebestas Haus. Sie lässt ihren Blick über die rissige Fassade wandern bis zum Mansardenzimmer hinauf. Da erschrickt sie so sehr, dass sie beinahe die Post fallen lässt. Ludwig Schebesta steht dort oben und starrt zu ihr herunter.

Klara kann sich nicht losreißen. Und als sie so zu ihm hinaufstarrt und er zu ihr hinunter, packt sie die Wut. Eine Wut, die ganz drinnen sitzt hinter den Rippen und bitter aufstößt wie Galle. Eine Wut, weil ihr Josef unter der Erde liegt und der Schebesta immer noch so blöd schaut wie schon vor dreißig Jahren. Eine Wut, weil er Heinrich das Leben schwer macht, wo man Heinrich das Leben doch leicht machen muss, weil er ja keine Eltern mehr hat. Und eine Wut ganz allgemein auf alles, was so schiefläuft in der Welt, wie Hunger, Krieg oder die schmelzenden Polkappen. Deshalb platzt ihr der Kragen. Mitten auf dem Weg, ganz und gar unerwartet. Sie kneift die Augen zusammen, hebt den rechten Arm und zeigt mit dem Finger auf Ludwig Schebesta.

Damit hat er nicht gerechnet, mit so viel Widerstand. Das verunsichert ihn. Allerdings nur kurz, weil ein Schebesta eigentlich mit allem rechnet und auf alles vorbereitet ist. Auf eine alte Schachtel, die mit dem Finger auf ihn zeigt, schon lange. Also macht er, was man in so einem Fall eben macht. Er streckt seiner Nachbarin die Zunge heraus. Nur damit sie weiß, dass ein Schebesta sich nicht so einfach einschüchtern lässt.

So viel Unverschämtheit lässt Klara nach Luft schnappen, und sie beschließt, aufs Zivilisiertsein zu pfeifen. So kommt es, dass sie die Post auf die nächstbeste Kommode schleudert und Helmut dabei beinahe von seinem Polster fegt. Den geknurrten Protest des Katers ignorierend, rennt sie in einem Schwung in Heinrichs Zimmer hinauf. Ohne zu klopfen, reißt sie die Tür auf, obwohl das eigentlich gar nicht ihre Art ist. Schließlich haben auch Kinder ein Recht auf Privatsphäre.

Heinrich verschluckt sich beinahe an seinem Stift, weil er immer darauf herumkaut, wenn er nachdenkt. In dem Moment, als Klara die Tür aufreißt, denkt er gerade besonders angestrengt nach, weil er mit dem Sudoku einfach nicht weiterkommt. Was sein Großvater daran findet, ist ihm ein Rätsel. Sein Kopf ist gerade ganz leer. Verwirrt schaut er zu Klara auf.

„Pferdeäpfel!“, ruft sie und „Ha!“ Dann stampft sie mit dem Fuß auf und verschränkt die Arme vor der Brust.

Heinrich versteht kein Wort. Das heißt, das Wort *Pferdeäpfel* versteht er schon, aber warum Klara hereinplatzt und es ihm entgegenbrüllt, versteht er nicht.

„Genug ist nämlich genug!“, ruft Klara auch noch.

Heinrich schießt gleich das Blut in die Wangen, weil er glaubt, dass er wieder etwas angestellt hat. Etwas, das genug ist. Er schluckt, weil seine Tante so wild dreinschaut. Nach dem Grund fragen traut er sich aber nicht.

„Pferdeäpfel“, wiederholt sie.

Und Heinrich kennt sich noch immer nicht aus.

„Die lassen wir ihn fressen.“ Klara wippt hin und her und schaut ausgesprochen entschlossen aus.

„Wen denn?“, fragt Heinrich.

„Den Schebesta natürlich!“, stellt Klara fest. „Wer meinen Großneffen mit faulem Obst bombardiert, hat keine Gnade verdient.“

„Pferdeäpfel“, wiederholt Heinrich. Einer wie der Schebesta hat tatsächlich keine Gnade verdient. Ob er aber gleich Pferdeäpfel verdient hat? Das erscheint Heinrich doch etwas extrem. Wie sollten sie das auch anstellen, sie „den Schebesta fressen zu lassen“, wie Klara sich ausgedrückt hat? Ziemlich aggressiv nebenbei gesagt. Das hätte Heinrich seiner Tante gar nicht zugetraut.

Wer in so einer Villa wohnt, würde niemanden etwas „fressen“ lassen. Pferdeäpfel schon gar nicht. Und wenn doch, würde man sie auf einem Teller servieren, mit Messer, Gabel und Serviette. Auch wenn diese Äpfel wohl keinerlei Vitamine enthalten.

„Ja. Norbert hat gestern Abend eine frische Fuhre vorbeigebracht. Seiner Meinung nach ist das nämlich der beste Dünger für die Rosen. Wir haben einen ganzen Sack davon im Schuppen. Genug, um den Schebesta damit einzudecken.“

„Ob das so gut ist ...“ Heinrich ist da nicht so sicher. Der Schebesta ist verrückt. Und einen Verrückten sollte man wohl besser nicht auch noch reizen.

„Ach was“, winkt Klara ab. „Der Mann hat eine Abreibung verdient.“

„Schon“, stimmt Heinrich zu. Aber ausgerechnet eine Abreibung mit Mist. Das wird der Schebesta nicht so einfach hinnehmen.

Trotzdem folgt Heinrich seiner Tante nach unten. Frieda lacht, als Klara ihre Absichten erläutert. Heinrichs Großvater ist nicht zu Hause. Irgendein Arzttermin.

„Die Prostata“, hat er zu Heinrich gesagt. „Das wird dir leider eines Tages auch nicht erspart bleiben.“

„Also stellst du dich doch schützend vor den kleinen Erich“, sagt Frieda und schüttelt den Kopf. „Was soll nur aus dem Buben werden?“

„Ein Mann“, sagt Klara. „In ein paar Jahren schon wird er ein Mann sein. Größer als wir, stärker und …“

„… verweichlichter“, beendet Frieda Klaras Satz. „Aber was solls“, sagt sie und steht auf. „Lass uns den wahnsinnigen Nachbarn aufs Korn nehmen. Wird sicher ein Mordsspaß.“ Frieda reibt sich die Hände und grinst.

„Warten wir denn nicht auf Opa?“, fragt Heinrich, weil die beiden Frauen sich gleich zum Schuppen aufmachen.

„Nein“, sagt Klara. „Bis der zurück ist, sind wir mit dem Schebesta schon durch und trinken ein Tässchen Tee im Wintergarten.“

„Vielleicht sollten wir ihn aber doch fragen, was er davon hält“, versucht Heinrich es noch einmal.

„Wozu denn?“, erwidert Frieda. „Wir wissen doch, was er davon hält.“

„Ach ja?“ Das überrascht Heinrich.

„Natürlich“, sagt Klara.

„Und was?“ Da ist Heinrich jetzt gespannt.

„Nichts“, antwortet Klara.

„Absolut gar nichts“, schließt Frieda sich an. „Also behelligen wir ihn erst gar nicht damit.“

„Ach so“, sagt Heinrich und seltsamerweise leuchtet ihm das tatsächlich ein. Sein Großvater würde sich bestimmt nur aufregen. Bei einem Mann seines Alters könnte jede Aufregung das Herz angreifen. Das weiß man ja. Also ist es wohl wirklich besser, ihn nicht damit zu behelligen.

Im Schuppen ist es dämmrig. Die Sonne fällt durch die Ritzen in der Bretterwand. Blank geputzte Gartengeräte stehen fein säuberlich aufgereiht an der Seite. Werkzeug hängt an Haken über einer kleinen Werkbank. Es ist warm und dunstig. Klara öffnet ein Fenster.

„Ein bisschen frische Luft kann nicht schaden.“

Für einen Moment stehen die drei um den Sack mit den Pferdeäpfeln herum. Schließlich öffnet Klara die Schnur, die den Sack verschließt.

„Das stinkt!", ruft Heinrich, weicht sofort zurück und hält sich die Nase zu.

„Was du nicht sagst", ätzt Frieda. „Denkst du etwa, was bei dir rauskommt, duftet nach Rosen?"

Heinrich verkneift sich eine Antwort.

Der Sack ist schwer. Tragen kommt nicht in Frage, also hieven sie das eklige Zeug in eine Scheibtruhe. Klara schiebt die Ladung zur Mauer. Frieda und Heinrich tragen die lange Leiter hinterher. Jeder bekommt ein Paar dicke Handschuhe. Dann stehen sie da und schauen die Mauer hinauf.

„Okay", sagt Klara schließlich. „Los, Heinrich! Dir gebührt die Ehre des ersten Wurfes."

Eine zweifelhafte Ehre, wenn man Heinrich fragt, aber ihn fragt ja niemand. Wie üblich.

Zögerlich steckt er seine rechte Hand in den Sack.

„Das ist der bisherige Tiefpunkt", denkt er. „Ich wühle in Pferdekacke herum."

Für einen Rückzieher ist es jetzt aber zu spät. Vor Mädchen kneifen kommt nicht in Frage. Und Mädchen sind die beiden. Zumindest sind sie einmal welche gewesen. Vor den Falten, den Hühneraugen und den Gesundheitsschuhen. Also bringt er es hinter sich, greift sich eine kompakte Kugel, zieht sie heraus und glotzt sie unentschlossen an.

„Na los!", drängt Frieda. „Worauf wartest du denn? Dass sie sich in Gold verwandelt? Die Leiter rauf und rüber damit!"

Langsam klettert Heinrich nach oben und späht vorsichtig über die Mauer. Kein Schebesta in Sicht. Weil er nicht weiß, was er sonst tun soll, lässt er die stinkende Kugel einfach ins nachbarliche Gras plumpsen.

Heinrich rutscht beinahe die Leiter hinunter, so eilig hat er es. Mit dem „Über-die-Mauer-schauen“ hat er bis jetzt keine guten Erfahrungen gemacht.

Frieda zieht die Augenbrauen hoch und schüttelt den Kopf.

„Also wirklich“, sagt sie. „Wie man einen Überraschungsangriff führt, davon hast du keine Ahnung.“ Sie greift sich einen besonders großen Pferdeapfel. „Ich werde unserem Alfred hier mal zeigen, wie man so etwas macht.“

Frieda steigt die Leiter hinauf, Sprosse für Sprosse, als hätte sie nie Probleme mit ihrer Hüfte gehabt. Ihre kurz geschnittenen, rot gefärbten Haare leuchten in der Mittagssonne. Heinrich fragt sich, wie wohl ihre natürliche Haarfarbe einmal gewesen sein mochte.

Oben angekommen, sucht Frieda das nachbarliche Grundstück nach einem passenden Ziel ab. Sie nickt schließlich, holt aus und schleudert die Mistkugel auf Schebestas kleine Veranda.

„WAFF!“, kommentiert Frieda ihren Treffer mitten auf das kleine runde Tischchen. „Es ist angerichtet, Herr Schebesta!“, ruft sie aus vollem Halse und klettert lachend wieder nach unten.

Das ist zu viel für Heinrich.

„Schrei doch nicht so!“, blafft er. „Der wird sonst noch merken, dass wir hier sind.“

„Soll er ja auch. Sonst ist das ganze Theater ja nur der halbe Spaß.“

Klara fegt mit ihrem Geschoß einen Blumenstock vom Verandageländer. Vertrocknete Primeln. Also nicht weiter schade drum.

„Voll...“, beginnt sie. Dann zerplatzt eine Tomate mitten in ihrem Gesicht. Zum „...treffer“ kommt sie nicht mehr.

Gerade noch kann sie sich auf der Leiter halten. Als sie das Gleichgewicht halbwegs wieder hat, tritt sie schnell den Rückzug an. Unten angekommen, fangen Frieda und Klara zu kichern an, dass es Heinrich angst und bange wird. Außerdem regnet es schimmlige Kartoffeln. Und dann geht es so richtig los.

Zwei weitere Stehleitern werden aufgestellt, Regenschirme und Pelerinen geholt. Unter Gejohle wird der Schebesta dann nicht mehr nur mit Pferdeäpfeln beschossen, sondern auch mit Karotten, Zwiebeln, den zähen Knödeln vom Vortag, Katzentrockenfutter und eingerollten Socken aus der Wäschetonne.

Großvater Paul hat nämlich Schweißfüße, hat Frieda Heinrich erklärt. Bei den Socken handelt es sich also gewissermaßen um einen biologischen Kampfstoff.

Eine halbe Stunde tobt das Gefecht. Es wird aus allen Rohren gefeuert und es dauert natürlich nicht lang, da kommen die Pferdeäpfel auch schon retour geflogen.

Bis Heinrichs Großvater nach Hause kommt. Auf seine Frage, was hier los sei, erhält er keine Antwort, weil alle mit wild Durcheinanderschreien und in Deckung gehen beschäftigt sind.

Erst als er brüllt, kommt es zur Einstellung der Kampfhandlungen. Mit einem Mal ist es ganz ruhig. Heinrich, Klara und Frieda glotzen ihn von den Leitern herunter an.

„Hallo Bruderherz“, begrüßt Klara ihn endlich. Sie steigt von der Leiter, streift sich die Pelerine glatt und geht ins Haus. Ohne ein Wort der Erklärung, als ob nie etwas passiert wäre.

„Was macht die Prostata?“, will Frieda wissen, grinst und eilt ebenfalls ins Haus, ohne Pauls Frage zu beantworten.

Zurück bleibt Heinrich. War ja klar. Die beiden Anstifterinnen machen sich aus dem Staub und lassen das Kind als Sündenbock zurück.

Heinrich klettert ebenfalls die Leiter hinunter.

„Ich wars nicht“, behauptet er und flitzt dann schnell davon, bevor der Zorn seines Großvaters sich noch über ihm entladen kann.

Paul steht allerdings immer noch sprachlos inmitten des Kriegsschauplatzes. Dann taucht er auf. Ganz langsam. Schebestas Kopf hinter der Mauer. Auf seinem Helm kleben noch ein paar Knödelreste.

Heinrichs Großvater starrt den Kerl an. Dieser Mensch hat ganz offensichtlich nicht alle Tassen im Schrank. Er will schon zu einer geharnischten Predigt ansetzen, wie Erwachsene sich zu verhalten haben, über Vorbildwirkung für Kinder, da kommt der Schebesta ihm zuvor.

„Die haben angefangen“, stellt er klar und taucht ab.

Zurück im Haus grinst Ludwig Schebesta. Denn so viel Spaß, das muss er zugeben, hat er schon lange nicht mehr gehabt.

Kapitel 12

In dem der Vormittag Fäden zieht, Schlüssel in Astlöchern versteckt werden, dann alles schief geht und man sich die gute Vorbereitung an den Hut stecken kann

Am nächsten Morgen packt Heinrich seinen Rucksack. Die Digitalkamera von seinem letzten Geburtstag kommt als Erstes hinein. Große Gummiringe für Einmachgläser liegen in der Vorratskammer in einer Kiste. Nur Seil findet er keines. Den ganzen Gartenschuppen hat er abgesucht. Nichts. Vielleicht bringt Norbert so etwas ja auch mit.

Eine Plastikwäscheleine ist dann ein guter Ersatz. Ein Stück von ungefähr drei Metern hängt aufgerollt an einem Haken im Keller bei den Waschmaschinen. Eine kurze Eisenstange lehnt dort auch in einer Ecke. Damit bekommen sie die Luke sicher auf. Fehlen nur noch die Eier.

Da wird die Angelegenheit aber schon etwas kniffliger. Frieda backt ja sehr oft Kuchen. Da braucht sie die Eier. Bestimmt weiß sie, wie viele im Haus sind, und hat sie schon eingeplant. Er muss es also geschickt anstellen. Erwischen darf sie ihn keinesfalls. Sonst muss er die Eier erstens wieder zurücklegen, sich zweitens einen Vortrag über die Verschwendung von Lebensmitteln anhören und drittens erklären, was er damit eigentlich will.

Glücklicherweise ist niemand in der Küche. Im Kühlschrank ist noch ein voller Sechserkarton. Das sollte reichen. Heinrich packt sie ganz oben in seinen Rucksack, damit sie nicht zerquetscht werden. Sonst hat er den Glibber schon hier drin, und der beginnt dann bestimmt auch mit der Zeit zu stinken.

Soweit ist er fertig. Heinrich überprüft seine Liste. Alles da. Er ist vorbereitet. Daran wird es also nicht scheitern. Wenn es nach ihm ginge, könnte der Schebesta schon verschwinden. Zwei Uhr hat Anna gesagt. Und jetzt ist es gerade einmal elf. Noch drei Stunden.

Heinrich geht zurück in sein Zimmer und setzt sich aufs Bett. Noch drei Stunden. Wie er die bloß herumbringen soll, fragt er sich. Weil der Vormittag auch plötzlich so zäh dahinfließt. So zäh, dass er beinahe Fäden zieht wie Honig. Heinrich kann Honig nicht ausstehen. Bienenkotze! Was anderes ist das nicht.

Der gestrige Zusammenstoß mit Schebesta fällt Heinrich wieder ein. Ganz mulmig wird ihm, wenn er daran denkt. Bestimmt ist der Verrückte noch immer fuchsteufelswild.

Wie sein Großvater. Heinrich, Klara und Frieda saßen vor ihm, auf dem Sofa im blauen Salon. Großvater Paul marschierte auf und ab, wild gestikulierend und schimpfend. Richtig zugehört hat ihm aber eigentlich niemand. Es ging ohnehin nur wieder um angemessenes Verhalten, friedliches Zusammenleben und Ähnliches. Frieda und Klara begannen immer wieder zu kichern. Da gab sein Großvater schließlich auf und beendete seinen Vortrag.

„Hopfen und Malz verloren", sagte er.

„Genau", rief Frieda. „Ein Bier wäre jetzt nicht schlecht."

Ein bisschen quält Heinrich das schlechte Gewissen aber schon. Am Ende regte sein Opa sich nämlich doch noch so auf, dass er wahrscheinlich nur knapp einem Herzinfarkt entging.

Anna erzählt Heinrich aber vorerst nichts davon. Sonst muss er ihr bestimmt alles haarklein berichten. Dann ist der Schebesta womöglich wieder zurück, bevor er noch den Schlüssel ins Schloss gesteckt hat.

Als Mittagessen gibt es Gartengemüsesuppe. Heinrich löffelt

geistesabwesend seinen Teller leer. Er ist so mit dem bevorstehenden Ausflug beschäftigt, dass er ganz vergisst zu meckern. Bei Gemüsesuppe hält sich seine Begeisterung sowieso in Grenzen, wenn dann aber auch noch Kohlrabi drin ist, hört sich der Spaß ganz auf. Das ist Heinrich normalerweise eine saftige Beschwerde wert. Diesmal fällt es ihm aber gar nicht auf.

„Alles selbst gezogen“, sagt Klara. „Schmeckt gleich nochmal so gut“, behauptet sie.

Das ist Heinrich natürlich egal. Wenn man ohnehin ununterbrochen auf die Uhr schaut und der blöde Zeiger sich einfach nicht so recht bewegen will, achtet man nicht aufs Essen. Da könnte man genauso gut Hafergrütze in sich hineinschaufeln. Nichts würde man merken.

Hafergrütze vielleicht nicht gerade. Für Heinrich ist sie das Widerlichste, was er je gegessen hat. Ein graubrauner, ungenießbarer Matsch. Er weiß nicht, was passieren müsste, dass er so etwas je wieder in den Mund nähme. Ein Krieg möglicherweise. Das müsste passieren.

Da isst du alles, sagt Frieda oft. Wenn ein Krieg übers Land zieht und alles ruiniert, Häuser, Nahrung und Zuversicht. Wenn der Hunger an einem nagt wie eine Ratte. Dann isst du alles. Das sagt sie oft. Wenn also ein Krieg kommt, dann isst Heinrich wahrscheinlich auch Hafergrütze. Aber wirklich nur dann.

Die letzten eineinhalb Stunden sind wie die ersten: zäh und nicht vergehen wollend. Doch irgendwann, als Heinrich beinahe schon beginnt, Selbstgespräche zu führen, klopft es an seine Tür und Anna steht draußen.

„Er ist weg“, sagt sie anstelle einer Begrüßung.

Die beiden schleichen die Stufen hinunter. Nach einer Erklärung ist ihnen jetzt wirklich nicht zumute. Und ewig Zeit haben sie ja schließlich auch nicht. Wenn es sich vermeiden lässt, wollen sie dem Schebesta nämlich nicht in die Arme laufen.

Alles geht glatt. Ein paar Minuten später stehen sie schon vor dem kleinen Gartentor. Heinrich gießt ein ganzes Kännchen Öl über die Scharniere. Der Schebesta mag nicht zu Hause sein, Heinrichs Senioren-WG aber schon. Und schwerhörig ist noch keiner von ihnen. Vor allem Frieda hat Ohren wie ein Luchs und ein Zimmer, das nach hinten hinausgeht.

Das Tor knirscht trotzdem. Nur nicht so schlimm. Es rumpelt über den unebenen Boden auf Schebestas Seite. Heinrich und Anna stemmen sich mit aller Kraft dagegen. Stück für Stück geht es auf, bis der Spalt groß genug ist. Erst stecken sie die Köpfe durch das Tor. Schauen links, rechts und geradeaus.

„Die Luft ist rein“, sagt Anna. „Bestimmt. Der Schebesta ist in seinen Wagen gestiegen und weggefahren. Ich hab es gesehen.“

Dann wirft sie Heinrich einen Seitenblick zu. Fast verschlagen schaut sie dabei aus. Zumindest kommt es ihm so vor.

„Und weißt du, was ich noch gesehen hab?“, fragt sie ihn.

Heinrich wartet. Er hat keine Ahnung. Woher auch? Und wenn sie nicht gleich mit der Sprache rausrückt, schüttelt er sie.

„Wo der Schebesta den Schlüssel versteckt hat.“

„Welchen Schlüssel?“ Sie will ja wohl nicht in seinem Haus herumschnüffeln. Das geht Heinrich dann doch zu weit. Einbruch ist eine Straftat. Unerlaubt in anderer Leute Gärten zu spazieren zwar auch, aber nicht so schlimm, wie ins Haus einzubrechen.

„Na, welchen Schlüssel wohl?“, ätzt Anna. „Den zum Bunker natürlich.“

„Wir müssen die Luke nicht aufbrechen?“ Heinrich ist erleichtert. Ob das nämlich geklappt hätte? Da hatte er so seine Zweifel. Außerdem hätten sie ja dann auch etwas beschädigt. Das hätte bestimmt Schwierigkeiten gegeben. So merkt der Schebesta vielleicht gar nicht, dass sie da waren.

„Nein. Wir müssen die Luke nicht aufhebeln. Schebesta hat die Schlüssel in einem Astloch versteckt. Ich hab gesehen, in welchem. Das Teleskop ist wirklich hilfreich."

Anna führt Heinrich zu dem Baum. Mit einer Taschenlampe leuchtet sie hinein.

„Da ist er", ruft sie. „Ich habs ja gesagt."

Sie zieht den Schlüssel heraus und hält ihn Heinrich triumphierend vor die Nase. „Das wird ein Kinderspiel", sagt sie. „Wirst schon sehen."

Doch wer so einen richtig ausgewachsenen Verfolgungswahn hat, einen, bei dem man glaubt, alle Welt würde einen beobachten und sich noch dazu gegen einen verschwören, der steckt den Schlüssel natürlich nicht einfach so in ein Astloch. Nicht ohne Sicherheitsvorkehrungen.

Ludwig Schebesta hat genau so einen Verfolgungswahn, einen richtig ausgewachsenen mit allem Drum und Dran. Darum ist in den Schlüsselanhänger ein GPS-Tracker eingebaut. So kann der Schebesta auf seinem Handy immer sehen, ob sein Schlüssel bewegt wird oder dort bleibt, wo er ihn hinterlegt hat.

Bis jetzt ist es ja noch nie passiert, dass er bewegt wurde. Und wirklich gerechnet hat Ludwig Schebesta eigentlich auch nicht damit. Deswegen kracht er beinahe gegen ein geparktes Auto, als das Smartphone plötzlich piepst. Der Schlüssel wird bewegt. Ludwig Schebesta schnappt nach Luft. Er fährt rechts an den Rand, schaut, was los ist und läuft umgehend rot an. Irgendwann musste dieser Tag ja kommen. Ein Eindringling auf seinem Grund und Boden.

Wenn man sich so aufregt wie Ludwig Schebesta, als er auf das Handydisplay schaut, sollte man tief durchatmen, sich beruhigen und keine schweren Maschinen lenken. Wegen der Konzentration und weil man vor lauter Zorn nur mehr rot sieht, anstatt, was um einem herum passiert. Für das, was man in so einem Fall vernünftigerweise tun sollte, ist der Schebesta aber nicht empfänglich. Er gibt Gas, dass es nur so quietscht und der Kies vom Straßenrand unter seinen Reifen wegspritzt. Er dreht das Lenkrad bis zum Anschlag, wendet in einem Schwung und rast nach Hause. Viel zu schnell. Ein Stoppschild überfährt er kurzerhand. Aber weil er mehr Glück hat als Verstand, kommt gerade kein anderes Auto angefahren. Sonst hätte er auch noch einen Unfall gehabt und sein Verfolgungswahn wäre vermutlich noch größer geworden.

Davon wissen Heinrich und Anna natürlich nichts. Sonst würden sie schon rennen wie die Weltmeister, anstatt sich so diebisch über den Schlüssel zu freuen. Anna löst das Vorhängeschloss und öffnet die Luke. Dann klafft es vor ihnen, das schwarze Loch. Und beide starren hinein.

„Sollen wir wirklich ...?“ Heinrich ist das jetzt doch ziemlich unheimlich. Dass es dort unten so dunkel ist, damit hat er nicht gerechnet. Da hinuntersteigen und nicht wissen, was kommt, erscheint ihm jetzt nicht mehr halb so verlockend, wie noch ein paar Stunden zuvor.

„Selbstverständlich“, sagt Anna und setzt im nächsten Moment schon einen Fuß auf die erste Stufe.

Sie klettert hinunter. Kein Zögern. Im Nu ist sie in der Dunkelheit verschwunden. Heinrich schluckt. Jetzt muss er nach. Was anderes bleibt ihm nicht übrig. Wie steht er denn sonst da?

Ein bisschen zittern ihm die Knie. Es hilft aber alles nichts. Er muss da jetzt hinunter. Drei Meter schätzt er. So tief geht es in die Erde hinein. Schon ein komisches Gefühl, wenn er es sich so überlegt. Als er festen Boden unter den Füßen spürt, lässt er die Leiter los, dreht sich um und ist allein. Stockdunkel ist es und von Anna keine Spur.

„Anna!“, ruft er. Möglichst gedämpft. Wenn man sich nämlich irgendwo aufhält, wo man nicht sein darf, schreit man nicht auch noch herum.

Heinrich steht in dem schmalen Tageslichtkegel, der durch die Luke fällt. Er hat keine Ahnung, wo er hin soll.

„Anna!“, versucht er es noch einmal. „Wo bist du denn?“

Heinrich ärgert sich. Wo er doch extra eine Liste angelegt hat. Ausgerechnet eine Taschenlampe hat er nicht draufgeschrieben. Anna hat natürlich daran gedacht. Die ist ihm über, hört er Frieda in seinen Gedanken.

„Buhh!“ Anna springt aus der Dunkelheit hervor. Mit der Taschenlampe leuchtet sie von unten auf ihr Gesicht. Soll gruselig ausschauen und tut es auch. Heinrich stößt sich den Kopf an der Leiter, so hektisch hüpft er zurück.

Anna findet das natürlich unheimlich komisch.

„Entschuldige!“, sagt sie trotzdem.

Ganz ernst zu nehmend klingt es aber nicht. Wahrscheinlich weil sie vor Lachen kaum reden kann.

„Ja, ja. Schon gut.“ Heinrich befühlt seinen Kopf. Das gibt eine Beule. „Sehr witzig“, sagt er. „Hauptsache, du hast deinen Spaß. Dafür hau ich mir doch gerne ein Loch in den Kopf.“

„Ein Loch in den Kopf“, höhnt Anna. „Also bitte! Übertreib doch nicht immer so!“ Sie leuchtet mit der Lampe nach hinten. „Komm!“, sagt sie. „Da gehts entlang.“

Heinrich folgt ihr durch einen engen Gang und einmal um die Ecke. Dann knipst Anna das Licht an. Für einen Moment ist Heinrich blind, so blendend ist diese plötzliche Helligkeit. Die Augen gewöhnen sich aber daran und er schaut sich um.

„Wahnsinn, oder?“ Anna grinst. „Der Kerl hortet hier Lebensmittel für Jahre.“

An der Wand steht eine Schlafpritsche. Darauf liegt, fein säuberlich gefaltet, eine Decke.

„Fühlt sich total kratzig an“, stellt Anna fest.

Sie streicht mit den Fingern noch einmal darüber. Wirklich extrem kratzig. Da scheuert man sich ja die Haut wund. Der Mann gönnt sich offensichtlich keinen Luxus.

Daneben steht ein Regal mit Büchern, Straßenkarten und Atlanten. Ein kleiner Tisch, gerade groß genug, dass eine Person ihren Teller und ein Glas abstellen kann. Davor steht ein Stuhl. Ganz schlicht, aus Holz, ohne gepolsterte Auflage.

„Wenn tatsächlich die Welt untergeht und er hier unten leben muss, wird ihm bald der Hintern wehtun", sagt Anna.

Heinrich lässt sie reden. Er hält den Mund. Er weiß einfach nicht, was er davon halten soll. Er schaut sich um. Alles ist blitzsauber und geordnet. Nirgendwo steht ein Zipfelchen hervor, und jedes freie Fleckchen ist mit Regalen ausgekleidet. Solche aus Metall, silbrig und glänzend, wie man sie in Geschäften oft sieht. Deswegen biegen sie sich auch nicht unter der Last. Obwohl sie vollgeräumt sind bis obenhin. So vollgeräumt, dass auch wirklich kein Fitzelchen mehr Platz hat.

Heinrich geht näher ran. Er kann sonst nicht lesen, was da überall draufsteht. In den oberen Regalen stapeln sich die Konserven. Chili con Carne, Ravioli in Tomatensauce, Reisfleisch, Gulaschsuppe, Linseneintopf, Obst. Jede Menge Konserven mit dem üblichen Zeug drin. Das ist aber nicht alles. Bei einem Karton muss er die Aufschrift zweimal lesen, um sicherzugehen.

„Was ist Butterpulver?", fragt er. Darunter kann er sich beim besten Willen nichts vorstellen.

„Das ganze Zeug in den Beuteln ist gefriergetrocknet und pulverisiert. Wasser dazu und schon kann man es sich aufs Brot schmieren." Anna rümpft die Nase. „Schmeckt sicher ganz toll."

„Woher weißt du das mit dem Gefriertrocknen?", will Heinrich wissen.

„Haben wir mal in der Schule durchgenommen. Wie Leute

sich vorbereiten auf eine Atomkatastrophe oder so etwas in der Art. Wenn nichts mehr ist, wie es vorher war und man sich irgendwo verkriechen muss."

„Wir haben so etwas nie gelernt", sagt Heinrich. Er ist neidisch. So etwas könnte man wenigstens später einmal brauchen, aber wer muss schon irgendwann mal komplizierte Gleichungen lösen?

„Kennst du das auch?" Heinrich zeigt auf einen anderen Karton.

„Dosenbrot", sagt Anna. „Hält sich praktisch auch ewig."

Dann noch jede Menge Nudeln, Reis, Zwieback, Haferflocken, Volleipulver, dutzende Energieriegel, Knabbermischungen, Trockenfrüchte, Zucker, Honig, Salz. Kleine Kerzen, Streichhölzer und weiß der Teufel was noch.

Der nächste Raum hat etwas von einer Gummizelle. Die Wände sind ausgekleidet mit Klopapierpackungen. Seifen stapeln sich davor, Handtücher, Zahncremes und Zahnbürsten.

„Und was ist das?", fragt Heinrich und deutet in die Ecke.

„Warst du noch nie campen?", fragt Anna.

„Nein." Sein Großvater meinte immer, davon würde sein Rheuma schlimmer.

„Ist ein Chemieklo."

Wie das wohl funktioniert? Ein kleiner seltsamer Kasten mit Plastikdeckel. Aber genauer will Heinrich es gar nicht wissen. Das Ding ist nirgends angeschlossen und muss wohl regelmäßig entleert werden. Instinktiv atmet er durch den Mund und hofft, dass es bis jetzt noch nie benutzt wurde.

Mit all den Klopapierstapeln an den Wänden ist es hier doch ziemlich beklemmend.

„Gehen wir in den nächsten Raum", schlägt Heinrich vor.

Sonst bekommt er hier noch Zustände. Wie Frieda. Die bekommt bei allem ständig Zustände. Viel hat er sich darunter nicht vorstellen können. Bis jetzt. Zustände sind, wenn man schwer Luft bekommt und einem der Kopf schwirrt.

Heinrich war ja nicht sicher, ob es tatsächlich einen weiteren Raum gibt, aber es ist so. Noch mehr Konserven und Wasserkanister. Dazu ein paar Decken, neue Kleidung und Stiefel, Lampen und Batterien, außerdem Werkzeug wie ein Spaten, Schaufeln, eine Axt, Hämmer und was man sonst noch so brauchen kann.

„Der ist wirklich auf den Weltuntergang vorbereitet", sagt Heinrich. Das muss er ihm lassen. Dieser Mann hat eine Mission.

„Ja", sagt Anna. „Total irre, oder?" Sie nimmt sich einen Müsliriegel. Banane-Schoko ist ihre Lieblingssorte. „Nützt doch nichts, wenn wirklich die Katastrophe kommt. Dann schaut es aus wie auf dem Mond, sagt mein Vater immer. Wie lange hält man es dann in so einem Bunker aus? Unter der Erde und allein. In Nullkommanichts ist der noch durchgeknallter also er ohnehin schon ist." Anna beißt in den Riegel.

„Halt!", ruft Heinrich. „Was machst du denn?"

„Einen Müsliriegel essen", sagt Anna. „Liegen ja Unmengen davon herum. Bestimmt an die hundert."

„Die sind aber mit Sicherheit abgezählt", sagt Heinrich. „Schau dich doch hier mal um! Dem fällt doch sofort auf, wenn irgendetwas fehlt." Über so viel Menschenkenntnis verfügt Heinrich nämlich auch schon. Ludwig Schebesta ist ein Ordnungsfanatiker und Kontrollfreak. Dem Zufall ist hier nichts überlassen, also kann auch nicht zufällig ein Riegel fehlen. Da blinkt in Schebestas Gehirn doch sofort *Error* auf.

„Ist doch nur ein Riegel", erwidert Anna.

„Mein Riegel!" Ludwig Schebesta spricht leise. Mit einer Stimme, vor der man sich gleich verkriechen will. Auch wenn man nicht drei Meter unter der Erde in der Falle hockt.

Er steht nur ein paar Schritte von den beiden entfernt. Er

keucht und der Schweiß steht ihm auf der Stirn, so gelaufen ist er. Vor lauter Eile ist er beinahe über die Verandastufen gestürzt. Den Knöchel hat er sich aufgeschürft, als er dagegen geschrammt ist. Und dann die offene Luke. Er hat es ja gewusst oder zumindest geahnt. Aber sie offenstehen zu sehen, das war dann doch ein Schock.

„Mein Riegel", wiederholt er lauter. „Mein Riegel, mein Bunker, mein Grund, mein Boden!", brüllt er.

Anna stößt einen spitzen Schrei aus. Der Schebesta sollte doch gar nicht da sein. Heinrich fällt das Herz in die Hose und er bringt keinen Ton heraus. Vielleicht sollte er sich wegen der Pferdeäpfel entschuldigen, obwohl es wahrscheinlich besser ist, den Schebesta nicht daran zu erinnern. Jetzt geht alles schief, schießt es ihm durch den Kopf. So war das nicht geplant. Ein rotgesichtiger Ludwig Schebesta kam in Heinrichs Plan nämlich nicht vor. Die Waffen haben sie ja nur aus Spaß mitgenommen. Um so zu tun als ob. Dem Nachbarn wirklich zu begegnen, damit hat Heinrich nicht gerechnet.

Trotzdem steht er jetzt da, der wahnsinnige Schebesta. Er schaut böse, hat die Hände zu Fäusten geballt und versperrt Anna und Heinrich den Weg nach draußen. Und schlimmer als ein Wahnsinniger ist nur ein wütender Wahnsinniger. Das ist Heinrich jetzt klar.

Da sieht man mal wieder, dass man sich Vorbereitungen manchmal an den Hut stecken kann, auch wenn sie noch so gut sind.

Kapitel 13

In dem Frieda alles sieht

Frieda Rost trägt eine Brille. Seit über zwanzig Jahren. Mit der entgeht ihr praktisch nichts. Auch nicht Heinrichs Abstecher auf Ludwig Schebestas Grundstück. Weil sie so gern am Fenster sitzt und in den Garten schaut. Vor allem hier oben in der Bibliothek, von wo aus man so einen schönen Überblick hat. Und wie Heinrich und Anna nach hinten rennen, kommt ihr gleich verdächtig vor. So geduckt wie die beiden unterwegs sind, führen sie bestimmt etwas im Schilde. Da kann man einer Frieda Rost nichts vormachen.

Sie sieht, wie die Kinder im Gebüsch verschwinden, im Nachbargarten wieder auftauchen und einen Schlüssel aus einem Astloch hervorholen. Dann sieht sie, wie die beiden in der Erde verschwinden. Natürlich wundert sie sich. Das hätte sie Klaras Neffen gar nicht zugetraut. Der Junge ist ja sonst eher nicht von der abenteuerlustigen Sorte.

Keine zwanzig Minuten später sieht sie dann Ludwig Schebesta über die Wiese hetzen. So schnell, als wären sämtliche Teufel der Hölle hinter ihm her. Schnurstracks auf die offene Luke zu.

„Oiii!“, stöhnt Frieda. „Das ist nicht gut.“

Und als sie dann auch noch Helmut in der Luke verschwinden sieht, seufzt sie laut. Er trägt seine orangefarbene Strickjacke und ist daher am allerwenigsten zu übersehen.

„Herrgott nochmal! Hat man hier denn nie seine Ruhe?“, schimpft sie.

Eigentlich wollte sie ja die Füße hochlegen. Schließlich ist sie in ihrem Leben ja schon genug herumgerannt. Daraus wird aber jetzt nichts.

Klara und Paul trinken gerade Tee im Wintergarten.

„Unser Fridolin hat sich eine dicke Suppe eingebrockt", sagt Frieda. „Die müssen wir jetzt wohl auslöffeln. Sagt nicht, ich hätte euch nicht gewarnt."

Deshalb machen sich die drei gleich auf den Weg, weil man mit dem Suppeauslöffeln niemals zu lange warten sollte.

Kapitel 14

In dem das Schicksal seinen Lauf nimmt,
alles drunter und drüber geht,
Hilfe im Gänsemarsch naht und Strafe sein muss

Die ausgefallensten Waffen helfen einem gar nichts, wenn man nicht dran denkt, sie zu benutzen. Weder Anna noch Heinrich fallen daher die Wasserpistolen, die Gummiringe oder die Eier ein. Weil sie wie gelähmt sind und ihre Hirne ausgesetzt haben. Just in dem Moment, als der Schebesta zu schreien anfing.

Kein Wunder. Die zwei sitzen ja in der Falle. Links von ihnen Konserven, rechts von ihnen Klopapier und hinter ihnen eine nackte Wand. Sie könnten sich mit einem von Schebestas Spaten frei graben oder zumindest den Schebesta damit gegen das Schienbein hauen. Das fällt ihnen aber auch nicht ein, vor lauter Panik und Verzweiflung. In so einem Zustand kann man eben keinen klaren Gedanken fassen.

Und der Schebesta sagt auch nichts mehr. Er starrt die zwei nur an, was das Ganze eigentlich noch schlimmer macht. Auf seiner Schläfe pocht eine dicke Ader.

„Wenn die jetzt platzt", denkt Heinrich, „kommen wir hier vielleicht doch noch heil raus." Wenn nicht, sieht er nämlich schwarz. So schwarz, wie der Daumennagel seines Großvaters war, als der sich mit dem Hammer draufgeschlagen hatte.

Die Stille im Bunker ist ohrenbetäubend. So kommt es Heinrich zumindest vor. Irgendetwas muss passieren. Jetzt gleich, sonst fällt er einfach um. Das hält ja niemand aus.

Die Ader platzt Schebesta zwar nicht, dafür aber der Kragen.

Endlich, das Schweigen und Anstarren ist einfach zu schaurig gewesen.

„Ihr miesen, kleinen Spione!“, zischt er. „Das habt ihr euch fein ausgedacht. Mal eben meinen Bunker plündern, während ich nicht da bin. Für wie blöd haltet ihr mich eigentlich?“

Heinrich hält das für eine rhetorische Frage und solche Fragen beantwortet man nicht. Er hofft inständig, dass Anna mit dieser Regel auch vertraut ist. Nicht antworten, hallt es in seinem Kopf. Nicht antworten! Doch da legt Anna schon los.

„Auf einer Skala von eins bis zehn, wo eins dumm wie Brot bedeutet und zehn intelligent wie ein Delfin?“, meint sie. „Ich würde sagen eine solide Fünf.“

Heinrich schluckt. Ludwig Schebesta auch. Einer ist sprachloser als der andere.

„Hören Sie nicht auf sie“, fleht Heinrich schließlich. „Sie weiß ja gar nicht, was sie redet. Sie sind mindestens so intelligent wie ein Delfin. Bestimmt.“

Das gibt Ludwig Schebesta dann den Rest. Was er sich hier in seinem Bunker bieten lassen muss, geht auf keine Kuhhaut.

„Ihr kleinen nichtsnutzigen Mistviecher!“, schreit er, und Heinrich fürchtet schon, dass es jetzt soweit ist. Die Ader platzt gleich, so weit tritt sie hervor.

Sie platzt aber nicht, stattdessen geht Ludwig Schebesta auf die beiden los.

„Euch werd ichs zeigen!“, schnaubt er.

Mehr als einen Schritt schafft er aber nicht, da schreit er auf.

„Au! Was zum Teufel ...“

Er jammert und greift nach hinten. Irgendetwas ist da und brennt höllisch. Auf seinem Rücken genau zwischen den Schulterblättern. Er bekommt es nicht zu fassen. So sehr er sich auch abmüht. Er dreht sich sogar um seine eigene Achse, um besser ranzukommen. Es hilft aber nichts. Der Schmerz bleibt.

Heinrich kommt aus dem Staunen nicht heraus, als der Schebesta sich so verzweifelt im Kreis dreht. Erst erkennt er ja nur eine orangefarbene Strickjacke. In der zweiten Runde dann aber auch den rabiaten Helmut, der drinsteckt. Der Kater hat seine Krallen in Schebestas Rücken vergraben und hat nicht vor, so bald wieder loszulassen.

Heinrich und Anna schauen einander an. Ein Blick reicht. Das ist die Gelegenheit zur Flucht. Sie hetzen los. Jetzt muss an dem verrückten Nachbarn vorbeizukommen sein. Jetzt, wo er damit beschäftigt ist, den Kater auf seinem Rücken loszuwerden.

Und so nimmt das Schicksal seinen Lauf. Als Erstes bekommt Ludwig Schebesta Anna zu fassen. Am Kragen ihres T-Shirts hält er sie fest.

„Hiergeblieben", blafft er.

Heinrich versucht sie loszureißen. Er zerrt und stößt. Schebesta verliert das Gleichgewicht und fällt nach vorne. Direkt auf Anna drauf. Heinrich stolpert nach hinten und Helmut knurrt, dass einem ganz anders werden könnte. Heinrich muss seine ganze Kraft aufwenden, um Anna hervorzuziehen. Das gelingt ihm auch. Nur Annas Knöchel, den lässt der Verrückte nicht los.

„Nein!", ruft Ludwig Schebesta. „Nein! Nein! Nein!"

Also wirft Heinrich sich dazwischen.

„Loslassen!", ruft er. „Bitte! Lassen Sie doch los! Wir machen es auch nie wieder!"

Das ist dem Schebesta aber schon egal. Das Gerangel geht weiter. Es wird gezerrt, gestoßen, geknufft, gezwickt, gequetscht und gekratzt, was das Zeug hält. Und Helmut immer obenauf. Wie dieser Kater das nur immer schafft?

Doch Hilfe ist unterwegs. Im Gänsemarsch. Vorneweg Großvater Paul. Heinrich ist schließlich sein Enkel. Da trägt man

Verantwortung. Dahinter Klara, dann Frieda mit ihrem neuen Gehstock.

Auf ihrem Weg zum Gartentor kommen sie natürlich auch am Apfelbaum vorbei. An dem Apfelbaum, unter dem Heinrich sich vor Ludwig Schebestas Geschoßen verschanzt hat. Die Ballonreste hat Heinrich ja schon entsorgt. Die matschigen Früchte liegen noch überall herum. Oder zumindest das, was von ihnen übrig ist.

„Was ist denn hier passiert?“, ruft Paul und zieht seinen Schuh aus den Resten einer fauligen Fleischtomate. „Ist ja widerlich“, sagt er und versucht, seinen Schuh im Gras abzuwischen.

„Da hat der Schebesta den Friedrich beinahe vom Baum geholt“, erzählt Frieda. „Mit Tomaten und noch irgendwelchem Zeug hat er ihn beschossen. Zum Schluss hat er ihn noch mit Wasserbomben eingedeckt. Pitschnass war unser Kleiner dann.“

„Was?“

Großvater Paul bleibt stehen.

„Was erzählst du denn da?“ Er kann es nicht glauben.

„Dass der Nachbar unseren Gottlieb unter Beschuss genommen hat.“

„Und woher weißt du das?“, will Paul wissen.

„Ich hab es gesehen“, sagt Frieda.

„Und du hast nichts davon erzählt?“ Paul kann es nicht fassen. So etwas behält man doch nicht für sich. Heinrich ist schließlich noch ein Kind.

„Wozu denn?“ Es wird sowieso viel zu viel geredet auf der Welt.

„Weil mein Enkel von jemandem angegriffen worden ist. Das muss ich doch wissen“, empört sich Paul.

„Ach was“, winkt Frieda ab. „Ist ja nichts passiert. Nur Wasser und weiche Früchte. Ist doch harmlos. Außerdem haben Klara und ich das schon geregelt."

„Aber warum denn bloß?", fragt Klara, um ihren Bruder abzulenken, damit er nicht wieder zornig auf sie wird. „Warum hat der Schebesta denn das gemacht?"

„Der Junge ist auf den Nussbaum geklettert und hat hinübergeschaut."

„Und?", hakt Paul nach. Das kann ja wohl nicht alles gewesen sein.

„Nichts und", sagt Frieda.

Paul versteht nicht. Und genauso schaut er auch drein.

„Was das Hinüberschauen betrifft, ist der Schebesta ein wenig empfindlich", erklärt Klara.

„Was soll denn das heißen, zum Teufel?" Paul reißt hier gleich der Geduldsfaden. Wo der Schebesta doch selber dauernd herüberglotzt.

„Das soll heißen, dass der Schebesta spinnt, nicht mehr alle Latten am Zaun hat, plemplem ist", sagt Frieda. Was das betrifft, ist sie sicher. Also stellt sie es klar, weil Klaras Bruder das bis jetzt noch nicht kapiert hat.

Heinrichs Großvater dreht sich wortlos um und marschiert weiter. Vor dem Tor zögert er dann doch. Einfach so zum Nachbarn rüber. Das kommt natürlich nicht in Frage. Man weiß ja, was sich gehört. Er steckt erst einmal seinen Kopf durch den Spalt.

„Hallo!", ruft er. „Herr Schebesta!" Dann legt er seinen Kopf schief und lauscht. „Hallo!", versucht er es noch einmal. „Na gut", sagt er schließlich und drückt das Tor noch ein wenig auf.

Viel bewegt sich aber nicht, so sehr er sich auch abmüht. Also geht das Quetschen, Ziehen und Durchzwängen los. So schmächtig wie Heinrich oder Anna ist nämlich keiner von ihnen. Und das Tor spießt sich an einem Grasbüschel. Da geht nichts mehr.

„Wo hat Heinrich eigentlich den Schlüssel her?“, stöhnt Paul. „Das möchte ich wirklich mal wissen.“

„Von mir“, gesteht Klara. Eine gute Idee war das freilich nicht. Das ist ihr jetzt auch klar. Aber im Nachhinein ist man ja immer klüger.

„Du hast ihm den Schlüssel gegeben?“ Paul steht mittlerweile drüben und zieht sich die verrutschten Kleider zurecht. Sind denn hier alle verrückt geworden? „Warum denn nur um alles in der Welt?“

„Ich dachte, das würde ihn ein wenig beschäftigen“, rechtfertigt sich Klara. „Ich hab nicht erwartet, dass er gleich hinübermarschiert. Ich dachte, er würde mal schauen, mehr aber nicht.“

„Mehr nicht?“ Heinrichs Großvater schnaubt. „Wo er doch schon vorher angegriffen worden ist?“

„Na ja. Dafür hat er sich gestern ja rächen können.“

Dass sie Heinrich schon an dem Morgen gesehen hat, verschweigt sie lieber. Auch das mit der Lache, in die er angeblich gefallen ist. Dass sie ihm das geglaubt hat! Da kommt sie sich schon ziemlich dumm vor. Darum zieht sie nun an ihrem linken Ohrläppchen. Wie sie das immer tut, wenn ihr etwas peinlich ist.

„Hört auf zu streiten“, sagt Frieda und versetzt dem Tor einen Stoß mit ihrem Stock. „Elendes Mistding!“, schimpft sie. „Das Gekeife bringt ja doch nichts“, stellt sie fest und übernimmt die Führung. „Dort drüben“, sagt sie. „Da sind sie alle in der Erde verschwunden.“ Vom Erdboden verschluckt, wie man so schön sagt.

Wenig später stehen die drei schon rund um die Öffnung.

„Hallo!“, ruft Paul wieder.

„Herr Schebesta!“, versucht es Klara.

Keine Reaktion. Kein Ton dringt von unten zu ihnen herauf.

„Bist du sicher, dass die da unten sind?“, fragt Klara Frieda.

„Sicher bin ich sicher. Ich bin ja nicht blind und Halluzinationen hab ich auch keine.“

„Herr Schebesta“, ruft Paul noch einmal.

„Helmut!“ Frieda ist die Lauteste. Aber auch der Kater lässt sich nicht blicken.

„Helmut?“ Klara schaut Frieda eindringlich an. Womöglich hat sie sich ja doch alles nur zusammenfantasiert.

„Ja, Helmut. Erst sind die Kinder runter. Etwas später dann der Schebesta und am Schluss ist der Helmut hinterher. Wie bei einer Karawane.“

„Wen interessiert denn der verdammte Kater?“ Paul schüttelt den Kopf und steigt die Stufen hinunter.

Als alle drei heil unten angekommen sind, schauen sie sich um. Diesmal brennt ja das Licht. Wo es langgeht ist also klar. Kaum sind sie um die erste Ecke, hören sie schon das Geächze. Wie das eben so klingt, wenn sich drei in den Haaren liegen. Dann noch ein Knurren.

„Na bitte“, sagt Frieda. „Meinem Helmut geht es gut.“

Paul beeilt sich. Dem Zeug, das hier überall herumsteht, schenkt er keinerlei Beachtung. Er reißt die Tür auf. Und da liegen sie. Oder kugeln herum.

„Sofort aufhören!“, ruft Paul.

Die drei bemerken ihn aber gar nicht, so sehr sind sie mit Kämpfen beschäftigt. Heinrichs Großvater steht einfach nur da. Fassungslos. Was zum Henker soll das hier? Ludwig Schebesta ist ein erwachsener Mann. Der kann sich doch nicht allen Ernstes mit Kindern prügeln!

Das geht Frieda alles zu langsam. Die Luft hier unten ist einfach schrecklich. Je schneller sie wieder draußen ist, desto besser. Sie drängt sich an Paul vorbei. Damit das hier ein Ende findet. Der Stock kommt ihr dabei wie gerufen. Einem nach dem anderen versetzt sie den Kampfhähnen Stöße mit dem Gehstock. Keine allzu festen, aber fest genug.

Ludwig Schebesta schreckt auf, schüttelt die Kinder ab und starrt Frieda an. Dann Klara und Paul. Es braucht eine Weile, bis er begreift. Doch dann fällt der Groschen.

„Nein, nein, nein!", jault er. „Das geht doch nicht." Er springt auf und weicht noch ein wenig zurück. So viele Leute in seinem Bunker. Davon bekommt er eine Gänsehaut.

„Das kann man wohl sagen", blafft Heinrichs Großvater. „Das geht nun wirklich nicht. Sich mit Kindern zu schlagen! Sind Sie vollkommen wahnsinnig?"

Heinrich und Anna sind sofort aufgesprungen und haben sich hinter Paul in Sicherheit gebracht. Nur Helmut sitzt in der Mitte und putzt sich die Pfoten. In aller Ruhe. Wie er das immer macht.

„Die sind doch hier eingebrochen", empört sich Ludwig Schebesta und zeigt auf die Kinder. „Das dürfen die doch nicht. Man kann nicht einfach bei jemandem reinmarschieren. Das verstößt gegen das Gesetz." Der Mann richtet sich zu voller Größe auf. Hier unten lässt er sich doch nicht einschüchtern. Das ist schließlich sein Bunker. Außer ihm selbst hat hier niemand etwas verloren.

„Da haben Sie vollkommen recht", sagt Großvater Paul. „Heinrich und Anna werden auch sicher dafür bestraft. Trotzdem ist das alles noch lange kein Grund, auf die Kinder loszugehen."

„Das ist sogar ein sehr guter Grund", beharrt Ludwig Schebesta. „Ein Mann hat das Recht seinen Besitz zu schützen." Diese Gewissheit ist im Hause Schebesta vom Vater an den Sohn weitergegeben worden. Ludwig hat nie daran gezweifelt.

„Wir sind hier doch nicht im Wilden Westen", erwidert Paul. „Die Kinder haben doch nichts gestohlen oder zerstört."

„Selbstverständlich haben sie das", ereifert sich Ludwig

Schebesta. „Die Göre hat einen Müsliriegel gestohlen. Ich hab sie auf frischer Tat ertappt.“

Paul ist kurz sprachlos. „Das Ganze wegen einem Müslirie-gel?“

„Es geht nicht nur um den Riegel, sondern ums Prinzip“, kontert Ludwig Schebesta. Aber von Prinzipien verstehen diese Leute ja nichts. Da nützt alles nichts.

„Es tut mir leid“, platzt Anna heraus. „Gleich morgen bringe ich Ihnen einen Riegel. Von mir aus auch eine ganze Packung, wenn Sie wollen. Ich hätte ihn nicht nehmen dürfen.“ Sie schaut richtig zerknirscht aus.

„Du hättest gar nicht erst hier sein dürfen“, faucht Ludwig Schebesta.

„Sie haben recht“, mischt sich nun auch Klara ein. „Das ist wahrscheinlich alles meine Schuld gewesen. Ich sorge dafür, dass so etwas nicht mehr vorkommt“, versichert sie ihm.

„Eingebrochen sind sie trotzdem. So leicht kommen die mir nicht davon.“ Ludwig Schebesta schnaubt. Was sich diese Leute einbilden!

„Ja, ja, ja“, sagt Frieda und hebt Helmut hoch. „Regen Sie sich nicht so auf! Die Kinder haben sich Ihren Bunker angeschaut. Na und? So etwas sieht man eben nicht alle Tage. Sie haben nichts kaputt gemacht. Zur Strafe werden die beiden Ihre Wiese mähen. Ist ja der reinste Dschungel da draußen. Und Schwamm drüber.“ Dann streicht sie Helmut über den Kopf. „Los, Abmarsch!“, sagt sie und dreht sich schon um.

Ludwig Schebesta will protestieren. Heinrich und Anna auch. Sie trauen sich aber nicht.

„Schwamm drüber, hab ich gesagt!“ Frieda stampft mit ihrem Stock auf und schnalzt missbilligend mit der Zunge. Das kennt Heinrich schon. Bei ihm zieht das nicht mehr. Beim Nachbarn hingegen schon.

„Aber die Polizei …“, beginnt Ludwig Schebesta.

Ein strenger Blick genügt und schon verstummt er wieder. Sein Vater hätte ihn umgehend in die Besenkammer gesperrt. Wegen Feigheit vor dem Feind.

„Ach ja“, sagt Frieda. „Das hätte ich fast vergessen. Morgen um zehn Uhr sind die beiden bei Ihnen. Das Gras ist lang. Es muss mit einer Sense geschnitten werden. Damit dürfen die Kinder natürlich nicht hantieren. Das Mähen übernehmen also Sie. Die Kinder räumen das Gras weg.“

„Ich will meine Wiese nicht mähen“, protestiert Ludwig Schebesta.

„Und ich will hier unten nicht meine Zeit verschwenden“, erwidert Frieda. „Man bekommt nunmal nicht immer, was man will. So ist das Leben. Morgen wird gemäht und basta!“

Heinrich schweigt. Am liebsten möchte er sich irgendwo verkriechen, so schämt er sich. Jetzt soll er dem Verrückten auch noch bei der Gartenarbeit helfen. Als wären diese Ferien nicht schon schlimm genug.

„Und Sie“, sagt Frieda noch zu Ludwig Schebesta. „Sie kommen am Nachmittag zum Tee.“

„Das können Sie vergessen“, antwortet er. Die Alte ist ja wohl nicht ganz bei Trost.

„Entweder Sie kommen zu uns oder wir zu Ihnen. Dann haben Sie die ganzen Kuchenkrümel im Haus und bestimmt fassen wir das eine oder andere an. Wenn Ihnen das lieber ist …“

„Als ob ich Sie reinlassen würde!“ Jetzt muss er beinahe lachen.

„Dann starren wir so lange zu Ihnen hinüber, bis es Sie forttreibt. Vielleicht bis in den Urwald von Neu Guinea. Dort sollen sich die Menschen noch Schrumpfköpfe an die Wände hängen.“

„Ich kann nicht fort“, sagt Ludwig Schebesta. Die Jahre der Planung, all die Vorräte. Er wird niemals von hier fortgehen.

„Dann verstehen wir uns ja. Morgen um drei. Aber pünktlich. Das gebietet schließlich die Höflichkeit.“

Mehr gibt es nicht zu sagen. Endlich verschwinden alle. Nur Ludwig Schebesta bleibt zurück. Er sitzt in einer Ecke und fragt sich, was da gerade passiert ist. Auf jeden Fall muss er die Sense schärfen, wenn er morgen mähen soll.

Kapitel 15

In dem Heinrich Schwielen an den Händen hat, Ludwig Schebesta Flecken im Gesicht bekommt und das Geheimnis des verbotenen Zimmers gelüftet wird

Am nächsten Morgen stehen Heinrich und Anna vor Schebestas Haus. Das war gar nicht so einfach. Vor allem für Anna. Ihre Mutter war von der Idee nämlich gar nicht begeistert. Sie zeterte herum und sagte Sachen wie „Das kommt gar nicht in Frage“ oder „Nur über meine Leiche“. Einem wie dem Schebesta ist eben nicht zu trauen. Weil sie mit dem Teleskop aber alles im Auge behalten kann, hat sie sich dann doch überreden lassen. Heinrich allein alles ausbaden lassen, das wollte Anna auf keinen Fall.

Die zwei betrachten das kleine Haus. Anläuten brauchen sie bestimmt nicht. Wo dem Schebesta nichts entgeht, schon gar nicht, wenn jemand vor seinem Haus herumlungert. Wahrscheinlich beobachtet er sie schon von einem Fenster aus.

Tatsächlich kommt Ludwig Schebesta aus dem Haus. Bis zu den Stufen, dann steckt er die Hände in die Hosentaschen und starrt die Kinder an.

„Na los!“, blafft er schließlich. „Bis drei Uhr müssen wir damit fertig sein.“

Dann beginnt er zu mähen und die beiden stopfen das frische Gras in die Säcke. Heinrichs Großvater wird es später wegbringen. Ludwig Schebesta murmelt die ganze Zeit vor sich hin. Dass er diese zwei Kröten jetzt bei sich im Garten hat, passt ihm gar nicht. Aber diese Frieda Rost. Mit der ist nicht gut Kirschen essen. So etwas erkennt er gleich. Mit der will er sich lieber nicht anlegen, wo sie jetzt auch da drüben wohnt. Dort fallen die neuen Bewohner ja ein wie die Heuschrecken.

Darum mäht er jetzt sein Gras. Strategischen Rückzug nennt man das. Manchmal muss man sich eben zurückziehen, seine Kräfte sammeln und die Situation neu bewerten.

Anna und Heinrich schieben mit Rechen das Gras zu kleinen Häufchen und packen dann alles in die Säcke. Und dabei geben sie keinen Mucks von sich. Das ist Ludwig Schebesta am allerwichtigsten. Sonst hätte er für nichts garantieren können. Er hätte sie am Ende vielleicht gefesselt, geknebelt und unter der Veranda verstaut. Nur vorübergehend natürlich. Aber die beiden müssen ja auch um drei zum Tee erscheinen.

An den Händen hat Heinrich schon Schwielen vom Rechen, in den Augen brennt der Schweiß, die Füße tun ihm auch weh. Selbst Anna scheint der Rücken zu schmerzen vom ewigen Bücken. Doch auch von ihr kommt während der ganzen Zeit kein Ton.

Beide haben ein schlechtes Gewissen. Weil man so etwas eigentlich nicht macht. Daran haben sie einfach nicht gedacht, und die Ferien waren auch so furchtbar langweilig.

Über vier Stunden arbeiten sie ohne Pause. Das ist genug Strafe, wenn man Heinrich fragt. Doch wieder einmal fragt ihn keiner. Sie müssen also auch noch zum Tee, obwohl sie schon genug gelitten haben.

Für Ludwig Schebesta ist das aber auch eine Tortur, wenn man ihm so zuschaut. Er sitzt auf einem Korbstuhl, ganz krumm, sodass er kaum über den Tisch sieht. Immer wieder ruckelt er herum, bis er eine halbwegs würdevolle Sitzposition gefunden hat. Dann der Tee. Die Tasse ist ihm zu heiß. Er lässt sie beinahe fallen. Er verschüttet etwas von dem Tee auf dem Tisch und wischt die kleine Pfütze mit seinem Hemdsärmel auf.

Daraufhin bekommt er prompt Flecken im Gesicht, so peinlich ist es ihm. Mit seinen Händen weiß er nicht wohin, den Kuchen verschluckt er, beinahe ohne zu kauen.

Das hilft ihm aber alles nichts. Frieda und Klara haben beschlossen das Problem „Nachbar“ in Angriff zu nehmen. Nur Heinrichs Großvater schweigt eisern. Er hat noch nicht vergessen, dass dieser Kerl seinen Enkel angegriffen hat. Er stiert in seine Tasse und würdigt den Nachbarn keines Blickes.

Frieda und Klara stellen dafür eine Frage nach der anderen. Ludwig Schebesta stottert, zuckt mit den Schultern, runzelt die Stirn. Er kommt sich vor wie bei einem Verhör. Nach einer Stunde hat er es endlich überstanden.

„Das machen wir jetzt jede Woche einmal“, sagt Frieda und lächelt.

Ludwig Schebesta schluckt und verliert seine Gesichtsfarbe. Hier gibt es kein Entrinnen. Das wird ihm mit einem Mal klar.

Heinrich geht es wie Ludwig Schebesta. Nichts wie weg. Das ist alles, was er im Moment im Kopf hat. Darum zuckt er auch zusammen, als Frieda ihn stoppt, bevor er sich aus dem Staub machen kann.

„Siegfried“, sagt sie. „Du musst mir noch einen Gefallen tun.“

Und Heinrich fügt sich. Anna ist nach Hause gegangen. Er hat nichts weiter vor und schlimmer kann der Tag kaum werden.

Er folgt Frieda nach oben. Vorbei an seinem Zimmer. Vor dem verbotenen Zimmer bleibt sie stehen. Helmut hockt auf der Kommode daneben. Heinrich sieht den Kater jetzt in einem anderen Licht, nachdem das Tier ihn so heldenhaft verteidigt hat. Helmut Heinrich aber wohl nicht. Er knurrt immer noch und schaut ihm mit dieser unverhohlenen Verachtung entgegen.

Frieda fischt einen Schlüssel aus ihrer Tasche. Sie sperrt auf. Einfach so.

„Die Suche nach dem Zimmerschlüssel hätte dich beschäftigen sollen, meinte Klara. Falls du dich hier langweilen würdest, hättest du etwas, um dir die Zeit zu vertreiben." Frieda lacht. „Na ja. Es hat nicht geklappt. Damit du nicht noch mehr Blödsinn anstellst, haben wir beschlossen, das Geheimnis zu lüften." Frieda tritt zur Seite. „Na los! Schau rein."

So richtig traut Heinrich Frieda nicht über den Weg. Wer weiß, was er da drin vorfindet. Vielleicht haben sie das Zimmer mit Kartoffeln angefüllt, die er alle schälen muss. Damit sie sich aber nicht wieder über ihn lustig macht, schiebt er die Tür auf. Da gehen ihm die Augen über. Er schaut Frieda an.

„Was?" Mehr bringt er nicht heraus.

„Das ist ein Willkommensgeschenk von Klara. Sie will eben, dass du dich hier wohlfühlst."

Heinrich geht in den Raum. Ein riesiger Flachbildschirm hängt an der Wand. So einen großen hat er noch nie gesehen. Daneben stehen Konsolen. Die Spiele stapeln sich im Regal. Wieder schaut er Frieda an.

Sie schaltet den Fernseher ein.

„Schnapp dir die Fernbedienung. Jetzt werd ich dir zeigen, wo der Hammer hängt", sagt sie. „In Mario Kart bin ich ein As."

Mehr für junge Leserinnen und Leser:

Rosemarie Eichinger

Essen Tote Erdbeerkuchen? *ab 9*

ISBN 978-3-7026-5854-0, 120 Seiten, € 14,95

Emma verbringt den größten Teil ihrer Freizeit auf dem Friedhof, denn ihr Vater ist Totengräber und ihr Haus ist gleich an der Friedhofsmauer. In der Schule halten sie die meisten deshalb für sonderbar. Peters Zwillingsbruder Martin ist bei einem Unfall ums Leben gekommen. Seitdem geht Peter täglich zum Friedhof, sitzt an Martins Grab und starrt vor sich hin. Das kann nicht so bleiben, beschließt Emma und freundet sich mit ihm an. Gemeinsam finden beide ein Stück aus dem Friedhof hinaus und ins Leben hinein.

Berührend und überraschend witzig

Brigitte Jünger

Käfersommer *ab 9*

ISBN 978-3-7026-5833-5, 152 Seiten, € 13,95

Jo wohnt bei seinem Vater, der Alkoholiker ist und ständig schläft. Damit nicht auffällt, dass er seine Hausmeisterarbeit nicht erledigt, schwänzt Jo den Unterricht. Als das herauskommt, muss er die Schule wechseln. In der neuen Klasse sitzt er neben Edda, die sich für Jo interessiert: Sie verteidigt ihn gegenüber anderen und folgt ihm sogar nach Hause, um mehr über ihn herauszufinden. Darum sieht Edda auch, wie Jos Vater von der Polizei abgeholt wird. Wer kümmert sich jetzt um Jo? Gut, dass Eddas Tante Malli zu Besuch ist, denn die weiß auch in ganz verzwickten Situationen Rat.

Eine ganz besondere Freundschaftsgeschichte

Lizzy Hollatko

Der Sandengel *ab 11*

ISBN 978-3-7026-5860-1, 140 Seiten, € 14,95

Südafrika, Anfang der 1980er-Jahre: Rut und ihre drei Schwestern leben mit ihrer Mutter Alva in einer Siedlung am Rand einer großen Stadt. Obwohl die Familie nach dem Tod des Vaters arm ist steht sie - nur wegen ihrer Hautfarbe - gesellschaftlich über den Schwarzen. Dieses Menschenbild will die in Europa aufgewachsene Malerin Alva ihren Kindern nicht vermitteln. Doch wer sich in Südafrika zur Zeit der Apartheid mit Schwarzen solidarisiert, stößt schnell an die Grenzen der Toleranz.

Beeindruckender Anti-Rassismus-Roman

Susanne Orosz

Lenis Lied *ab 11*

ISBN 978-3-7026-5855-7, 220 Seiten, € 16,95

Wien, Februar 1948. Die Spuren des Krieges sind noch überall in der Stadt zu sehen, aber Leni darf endlich aus der Klosterschule nach Hause. Dort ist es ganz anders als erwartet: Papa macht Leni Angst, weil er jähzornig ist und sie ihm nichts recht machen kann. Mama sagt, er sei nur nervös, das käme vom Krieg. Das ist schmerzhaft und zeigt Leni, dass sie ihren eigenen Weg finden muss. Je mehr sie sich von der Melodie ihres Herzens leiten lässt, desto besser gelingt es ihr, der Enge des Elternhauses zu entkommen.

Zeitgeschichte nachvollziehbar und spannend erzählt